寫作鬥陣俱樂部

CONSIDER THIS

Chuck Palahniuk
恰克・帕拉尼克 著

黃鴻硯——譯

目錄

獻給湯姆·史班鮑兒

我對他心懷感激與崇敬

作者的話

這本書收錄了許多優秀人士的金玉良言和故事，大多數人的名字都列在書中了，但有兩個遺漏。這兩個人是韋斯·米勒和史考特·艾利。韋斯替大中央出版社編輯我的稿子，而史考特在韋斯讀到稿子的一年前編輯了稿子，後來還幫我規劃書中的刺青插畫。承蒙他們大力相助，撐起這本書。

我要感謝的第二組人馬是莎拉·萊因哈特，她協助處理插畫事宜，還有波特蘭刺青34的藝術家托比·林伍德。要刺青別隨便找人，去找托比。

前言

我大半輩子都過著入不敷出的生活。最後的結果太令人沮喪了：我發現自己賺的錢原來這麼少，這麼多年的人生加總起來竟然如此微不足道。

只要支票還能兌現，我沒興趣搞清楚自己到底有多窮。那貧窮一直都在，我不想知道確切數字。基於同樣的理由，我一直在拖延，一直不想要寫書來談寫作。我知道在這方面，自己能提供的想法很少，而我不想面對這個事實。原來經過這麼長的時間和這麼多的練習，我還是這麼蠢。

我受的教育包含廚房餐桌藝術碩士班，先是坐在安德利亞・卡萊歐的廚房，再坐到湯姆・史班鮑兒的廚房，然後是蘇西・薇特蘿和雀兒喜・肯恩的。課程從一九八八年持續至今，沒有畢業典禮，沒有學位證書。

我參加的第一個寫作工作坊是安德利亞開的，裡頭都是好人。幾年後，安德利亞把我帶到一旁說話。那個星期，我交了一段情景描寫：一個年輕人拚了命想要和一個緩慢洩氣的性愛娃娃進行全套性行為。最終在十五年後，我把它放進小說《嗅》（*Snuff*）裡頭。安德利亞代表其他作家對我說，我不適合待在這個群體中。大家讀了這篇小說，都覺得待在我身旁不安全。為了安慰我，她建議我去向另一個作家湯姆．史班鮑兒學習，他當時剛從紐約搬到波特蘭。

湯姆。湯姆的工作坊很不一樣。我們在一棟破爛房子碰面，那是他買下來的，打算整修。感覺就像犯罪者，光是牴觸門口釘著的告示「危險，請勿進入」感覺就夠壞了。前任屋主是個隱士，他幫房子的內裝鋪上一層透明塑膠布，確保空氣隨時都溫暖又潮溼，這樣才能栽培他收集的大量蘭花。房子從裡爛到外，只剩幾塊地板支撐住一個人的體重。根據作家莫妮卡．德雷克的回想，她第一次去上課時發現門廊已經塌了。她在外頭晃來晃去，感到為難，不知如何移動到任何一扇門前，它們都高懸在堆滿垃圾、雜草茂盛的院子上方。對莫妮卡而言，那機會渺茫的一跳——越過碎玻璃和生鏽鐵釘的一跳，一直都象徵著成為專業作家的挑戰。

說到這院子，湯姆說，砍掉黑莓藤、車走一堆堆垃圾等活動會使我們團結成一支隊伍。光帶稿子來給他看是不夠的，我們得用週末挖掘鋸齒狀的濃湯罐頭、死貓，把它們全送到垃圾掩埋場去。我們懂什麼？當時才二十幾歲，我們乖乖配合所有要求。湯姆會做溼答答的鮪魚三明治給我們當午餐。他工作坊的實際進行方式比較傳統，但也只是傳統一點點。如果我們面臨創作瓶頸，他可能會求諸三錢起卦法，或要我們去找他在西雅圖最喜歡的靈媒。他會帶一些作家過來──像是彼得・克里斯多佛和凱倫・卡伯──教他教不了的事。課堂上與其說是在授課，不如說是在對話。我也希望這本書能像那樣的對話。這些話不是我告訴你們的。若要表明出處，那麼這些話就是來自我的老師，還有老師的老師，你可以一路追溯到人類穴居時代。這些課程就像一條菊鏈，往過去和未來延伸。它們應該要由我或某人來組織、策劃。

但我還是天人交戰。

推動我寫下這本書的其中一個因素，是我對「史上最爛寫作工作坊」的記憶。指導者是一個西岸的編輯，他用信件招攬學生。那本浮誇的小冊子把他捧成某種「明星作家的編輯」，列出一串已逝世的傳奇作家，宣稱是他把他們從朽木雕琢成器的。

有抱負的學生得繳數千美金接受他的雕琢，繳費期限在開課前數週。明星作家的編輯優雅降臨在舉辦工作坊的城市，待了週末三天，在豪華飯店的會議室上課。當然了，只有有錢人付得起這費用。參加者大多數是有錢人的妻子，當中還混進了幾個有終身職的大學教授──還有我。在這三堂課上，學生們每次都會集合起來，朗讀自己的作品，然後等待。大家都會望向明星作家的編輯，而他會深深嘆口氣，要求我們評論作品。

這策略讓其他學生感受到自己的明智，同時也耗去大量時間。各種意見在教室裡穿梭，但沒什麼實際建議。通常是沒有任何實際建議。意見針鋒相對，你一言我一語吃掉更多時間。在學員們熱切漫談的期間，明星作家的編輯更新他的通訊錄，瞄幾眼手機上的訊息，肅穆地點點頭。

編輯大人在辯論的最後階段加入，帶來以下這些意見的各種變體：「這小品很有意思，展現出豐富的感受力，你應該要把它擴寫成長篇小說。」或者：「你的作品就跟（在此插入編輯大人宣稱他發現、栽培的一些已死作家的名字，例如海明威、福克納、哈里特・比徹・斯托）一樣大有前途，請繼續寫下去。」

握手握個沒完。一堆馬屁。到了星期天下午，他的二十五個學生都被摸頭摸得舒舒服服，沒得到任何有用的資訊。編輯大人就這麼出城了，口袋比進城時多裝了四萬美金。

目睹這齣鬧劇後，我決定要寫一本書。總有一天我要寫。寫一本以嚴厲體現愛意的手冊，提供的資訊要比那票獅子大開口的寫作明師還要來得實際。然而，我還是很掙扎。

令我卻步的，是死者。我清點了一下有哪些人，哪些書商、作家同行幫助過我，發現當中有許多已經過世了。我喜歡廣闊交友，但壞處是，這代表我得參加許多人的葬禮。寫這本書等於是還他們人情，但這也會是令人悲傷的工作。

使我無法著手的另一個原因，和我最優秀的寫作導師有關。當我寫這段文字時，湯姆・史班鮑兒已經放棄教人寫作了。他覺得自己像個騙子。過去三十年來，他堅信普通人，也就是白天有正職的人、出身藍領家庭的人，也可以寫出與世界產生聯繫的故事。他的許多學生成功了，包括莫妮卡·德雷克、斯蒂凡·阿爾里德、喬安娜·蘿絲、珍妮佛·蘿克，還有我。不過湯姆自己的寫作生涯委靡了。對他自己而言，教人寫小說這項例行工作開始顯得像詐欺。

不僅如此，湯姆的健康狀況並不算太好，但這件事太私密了，我在此不會提及。湯姆傳授給學生的是實用、有效的技巧，立刻就使他們的寫作進步。有許多招數，他是從知名編輯兼作家高登·里許那裡學來的。湯姆引導讀者去接觸最高明的作家，去效法他們。他幫學生和文學經紀人、編輯牽線。這些事，他都是在那棟破爛房子裡進行的，從一九九〇年開始，每個星期都如此，每堂課向學生收取二十美金。他還是會擔心學生在賣書的世界裡有沒有機會成功，他正直到這種地步。

拿他跟那個收了幾千塊的明星作家編輯比對一下吧。後者忽視學生的作品。只認識他們三天。告訴學生他們很優秀，還說他們可以在出版界撈一筆。然後就匆忙出城，再也沒人見過他。

如果我要寫這本談寫作的書，我寧願採取悲觀的立場。

如果你立志要成為一個作家，不管我說什麼都阻止不了你。但如果你沒有堅定的意志，不管我說什麼都無法使你成材。

儘管如此，如果你跑來找我，請我對你傾囊相授，我還是會告訴你：出版業現在是靠維生裝置活命的。布列特・伊斯頓・艾利斯告訴我，小說甚至已不存在於文化界的雷達上了。你來得太晚了。盜版摧毀了利潤。讀者全都跑去看影片、打電動了。我會對你說：「孩子，回家去吧！」

***

沒有人天生可以幹這行。作家是該說故事，對，**但你如果要成為作家，你還得找其他作家來當你的良師益友**，就像安・萊絲求助吸血鬼那樣。我很幸運。我的第一本書有四個大作家背書：羅伯特・史東、凱瑟琳・鄧恩、湯姆・瓊斯、貝瑞・漢納。我假裝感謝，實則跟蹤他們。史東有次來波特蘭參加一個談論賽爾妲・費茲傑羅的座談會。我和他在希斯曼酒店碰面時，他對我說：「耐得住風霜歲月的事物，要不是大理石造的，就是文字造的。」

就某種角度而言，這本書是我寫作生涯的剪貼簿。從我和大衛・塞德里在巴塞隆納教堂跳蚤市場買東西，寫到我和諾拉・艾芙倫在她逝世幾個月前於干邑喝酒，寫到我和湯姆・瓊斯、艾拉・萊文偶爾會通信的那幾年。我跟蹤過我的明師，請他們給我一些建議。

因此，如果你改天又跑回來請我指導你，我會說，成為作家需要的不只是才華和技巧。我認識一些優秀的寫作者，他們從未完成寫作計畫。還有一些寫作者拋出一些極棒的點子，

耐得住風霜歲月的事物，要不是大理石造的，就是文字造的。

——羅伯特・史東

卻無法完整地執行出來。

我還見過一些作家寫出一本暢銷書，但對整個過程徹底破滅，再也沒寫出另一本書。作家喬伊．威廉斯說過一段話，大意是這樣的：作家必須夠聰明，要產得出優秀的點子——但也得夠駑鈍，才會願意做功課、敲鍵盤、編輯稿子、再度編輯、賣出稿子、修稿、修稿、再修稿、重讀編輯審的稿、檢查打樣、挺過各種訪談、寫文章打書，最後要在十幾座城市現身，幫數以千計或萬計的人簽名……

然後我會告訴你：「現在，你可以從我家門口滾開了。」

但如果你回來第三次，我會說：「孩子……」我會說：「別說我沒警告過你啊。」

打書巡迴途中寄出的明信片

巴布・毛爾嚇破我的膽了。他站起來的個頭也許只到大多數人的胸口，頭髮蓬亂斑白，留著海象鬍。他是奧瑞岡州波特蘭市二十三大道書店的店主，也是太平洋西北地區書商協會的創立者。你一旦開始出書，並嘗試靠寫作餬口，就會發現這些地區書商協會是強大的盟友。一九九六年八月，《鬥陣俱樂部》精裝版出版，我在他的店裡簽書。他把我拉到一旁然後說：「孩子啊……」

我當時三十四歲，仍在福萊納卡車公司全職上班。在卡車裝配線上工作（我一九八六年開始上小夜班），會收到供應商代表——來自洛克威爾、康明斯柴油、雅各布斯引擎煞車——所帶來的甜甜圈。為了傳達好意，他們會擺出公事包大小的粉紅色盒子，裡頭塞著巴伐利亞奶油甜甜圈、果醬甜甜圈，所有東西都填滿、布滿巧克力碎片和椰絲。我和朋友最愛玩的惡作劇是把黃油槍噴嘴塞進某個甜甜圈裡，灌滿車軸滑脂，然後跑到鐵網置物架後面，等著看誰會咬到加料的那一個。怎麼玩都不會膩。

我一九八六年畢業，拿的是新聞學位，而我在裝配線上的工人同事也有許多人拿一樣的學位，因此我們開玩笑說，奧瑞岡大學新聞學院應該要教焊接才對。懂焊接的裝配線工人可以拿三塊錢時薪加給。

結束第一本書的巡迴後，我放棄了逃離工廠的夢想，因為我在西雅圖鬧區的邦諾書店辦的活動，參加人數是二。在舊金山那場，開了兩個小時的車到利佛摩的邦諾書店，沒人來參加我的朗讀會。這兩場活動就讓我浪費掉我的七天年假了，之後，我回到波特蘭和福萊納卡車公司。

在二十三大道書店，巴布說：「如果你想幹這行，你每年都得出新書。出新書的間隔不能超過十六個月，因為一旦過了這時間，就不會有人進門問你還有沒有其他書了。」

一年一本書，了解了。木已成舟。

巴布了解這門生意，而當一名作家不外乎是經營一種小本生意。你需要執照，和……其他有的沒的。市政府有次聯絡我，要我提供現有庫存的清單。我向對方解釋，我是一名作家，點子就是我的庫存。市政府的人問我桌上有沒有原子筆或鉛筆，我說有啊。他們說，我必須清點四周所有原子筆和鉛筆的數量，做一個年度報告，將它們列為我的現有庫存。他們不是在開玩笑，我也不是。巴布也不是。

「還有一件事，」他警告我：「**別用太多逗號，讀者討厭有許多逗號的句子。句**

子寫短一點，讀者喜歡短句。」

巴布退休後搬到鱈魚角去，他是紅襪隊的狂熱支持者，後來他死了。

二十三大道書店關門大吉。

願上帝保佑你，巴布·毛爾。願你那許許多多的墓穴，會有其中一個永存於我的腦袋裡頭。

一、質地

我們開始吧。

把故事想像成資訊流。最理想的狀況下，它會是不斷變化的一系列節奏。現在，把你自己，把寫作者，想像成混音的ＤＪ。

取樣的音樂愈多（播放的唱片愈多），愈可能令觀眾不斷跳舞。你會擁有更多控制氣氛的技巧。讓場子冷靜下來，直到鴉雀無聲，接著讓音樂漸強。不過要不斷變化、微調、發展那資訊流，使它顯得新鮮又即時，不斷牽著讀者前進。

如果你是我的學生，我會要你留意，你所處理的資訊具備許多不同的「質地」。以下例子最能定義所謂的質地。

訴說故事時，請考慮混合下列項目當中的某幾樣或全部。

質地：三種溝通樣式

敘述：一個男人走進酒吧。

指示：走進酒吧。

感嘆（狀聲詞）：唉。

大多數小說只由敘述構成，但好的故事能將三種形式混在一起。比方說：「有個男人走進酒吧，點了一杯瑪格麗特。簡單啦。混合三份龍舌蘭，兩份香橙甜酒，加上一份萊姆汁，倒到冰塊上——看吧，瑪格麗特完成了。」

運用三種溝通形式，創造出自然的、對話式的風格。**敘述，偶爾加上指示，並穿插一些音效或感嘆：我們就是這麼說話的。**

命令句以讀者為說話對象，打破第四道牆。動詞活潑又強力。「走這條路。」或者：「尋找海洋大道附近的紅屋子。」它們傳達實用、事實性的資訊——因而建立起你的權威。讀讀諾拉．艾芙倫的小說《心火》，看她是怎麼把食譜放進故事裡的吧。

在我自己的短篇小說〈腸子〉（*Guts*）當中，我陷入一大段指示裡頭：「……去買一盒羊皮保險套。拿出一個，攤開。填入花生醬，抹上凡士林。然後試著撕開它，試著把它扯成兩半。」每時每刻的敘述切換成指示句時，會製造出張力，因為它一時之間從原本的動作抽離，接著，轟，我們又回到了事件的敘述之中。

當然了，你寫的大都會是敘述句，但你也要毫不猶豫地投向指示句。同樣地，狀聲詞也不該被削減到只剩我們在漫畫書中看到的「砰」和「轟」。我寫小說《侏儒》（*Pygmy*）時，每當需要句中的某種拍子來強調段落結尾……「坐困整天，然後也許下一次走進廁所，砰砰，血塊就會擊昏他的腦。」我會藉由特殊音效，打斷敘事流一拍，句子結尾便能收到更好的效果。

最後我要告訴各位，在我大一那年，有個老兄在一大早的德文課上課前說了個故事，他是這樣說的：「……然後我們繞過這個長長的彎道——嘰——！轟——！然後我們超過警車……」

有個聽故事的女孩湊近我，輕聲說：「為什麼男人說故事的時候都會運用音效，女人卻從來不會？」

非常優秀的觀察，請從中學習。

所有人都該運用這三種溝通方式。三份敘述，兩份指示，一份狀聲詞。混合起來品嘗。

質地：混合第一、第二、第三人稱觀點

想想好笑話。「昨天，我走進一家酒吧。你知道，通常走進一家酒吧，會預期碰見酒保，也許還有電子撲克之類的，就是讓自己散散心。沒有人想在下班後走進一家酒吧，卻看到企鵝在那裡調酒……」

對話時，我們會在第一、第二、第三人稱之間切換，這持續不斷的變換，主掌著我們訴說的故事的親暱感和權威性；比方說，「我走進」具備第一人稱的權威性，第二人稱向聽眾

訴說，使他們參與其中：「你知道……」接著切換到第三人稱，控制步調。「沒有人想」，等於是從具體的「我」，切換成泛指性的「人」。

有許多證據顯示，第一人稱是最具權威性的，因為它給讀者一個「故事負責人」。相對地，第三人稱由某個隱藏起來、未知的、神一般的作者敘事。第二人稱敘事在傑伊・麥金納尼的《如此燦爛，這個城市》當中運用得很好。它可以製造出催眠的效果，但也可能很棘手。除非故事情節設計得當、步調快、篇幅短，否則不斷使用第二人稱敘事可能會萬分惱人。

要點在於，三種敘事觀點全數運用，就代表故事最終必須由第一人稱來敘事。但你仍可將第二、第三人稱混入作品中，讓讀者感覺有某個未言明的敘事者存在。《如此燦爛，這個城市》是第二人稱敘事，但每當它描述自身以外的事物時，會有第三人稱敘事的效果。

這本書大部分的篇幅，都是要你辨識出優秀的故事訴說者所採取的直覺行動。

如果你是我的學生，我會要你按照需求切換三種敘事觀點。不需不斷切換，而是要適切地切換，去控制你的權威性、親暱感和步調。

質地：大聲音vs小聲音

你已經在無數故事中見識過這個。每當凱莉・布雷蕭駝著背在筆電前寫她的「欲望城市」新聞專欄時……每當珍．芳達對她的精神科醫師克魯特傾訴時……故事便會陷入大聲音之中。

鏡頭是小聲音。畫外音手法是大聲音。

小聲音（又叫記錄天使，因為它似乎會懸浮在空中觀察）描述時時刻刻的動作，大聲音則評論它。

小聲音保持客觀，提供我們場景中的氣味、聲音、味道、質地和動作。大聲音則會沉思。

小聲音給我們事實。大聲音給我們意義——或至少是角色對事件的主觀解讀。

兩種聲音都不存在的故事並不多。在《星艦迷航記》，那聲音是艦長日誌。在《閃舞》，那聲音來自天主教堂內的告解室。在電影《社群網戰》，大聲音是評論性的連續鏡頭，是口供證詞的場景。某個角色每隔一段時間和治療師談論自己的人生，而那聲音就會在此出現。或者，她打算寫一封信或一則日記，但是她做這件事的位置會是在物理動詞形成的現實主幹之上，不受影響。他會代替讀者提出反詰句，一如凱莉．布雷蕭問的：「只有我不享受肛交嗎？」《陽光練習曲》中的艾美．亞當斯會用民用波段無線電對死去的母親說話。瑪格麗特[1]會問神：「你在嗎？」或者，《半熟男女》中的莎莉．賽隆陷入心理學上的應付機制，以筆下ＹＡ小說青少年角色的敘事角度進行寫作。

在我自己的書中，導入大聲音的機制通常是從角色生命中浮現的某種非小說形式文字。在《隱形怪物》，那聲音是角色寫下並丟棄的「來自未來的明信片」。在《倖存者》，那聲音是墜毀班機的駕駛艙飛行記錄器。在《窒息》，那聲音是「第四步驟」，一份書寫下來的歷史，記載著康復中的成癮症。它開啟了小說，但很快就切換到實體場景去了。

儘管如此，你還是要認定一件事：大聲音有可能不是你勾住讀者視線的最強力手段。在《大亨小傳》當中，費茲傑羅的第一章幾乎都獻給了散漫的描述，談的是敘事者有多心碎。《玻璃動物園》[2]開頭的獨白也是。兩個故事都必須表明，事件會在後見之明中展開。它們要求我們在乎敘事者的悔恨和失落的天真，之後才開始倒敘、開始談具體的細節，向我們展示敘事者是如何心碎。

對，維多利亞時代的人很喜歡在小說前面「立牌坊」。比方說，「這是最好的時代，也是最壞的時代[3]……嘰哩瓜拉。」但那在今天很難這麼做。容我向尼克．卡拉威說聲抱歉，但「奶油男透過男性說教自稱心碎」實在吊不到什麼人胃口了。

1 茱蒂．布倫《神啊，你在嗎？》中的主角。
2 田納西．威廉斯的劇作。
3 狄更斯《雙城記》開頭。

如今，好故事比較可能是以具體場景開頭——有人發現一具屍體，或者面臨殭屍的威脅。以小聲音開頭，而不是大聲音。把這筆帳記到電影頭上吧。這模仿的是電影開頭的「吸睛」場景。如同湯姆．瓊斯告訴我的，「動作自有權威性」。動作會使讀者投入。題外話：使用具體的動詞，你的海外版筆譯會愛死你。就像動作片中的動作一樣，小說中的動詞翻譯成其他語言也會有力道。如今，親吻仍是親吻，嘆息就只是嘆息。

接著，在第二個場景或第二章，你就可以冒險使用大聲音了。記住：我們首先看到的是印第安納．瓊斯盜墓、拚了命逃離毒蛇和腐爛的屍體。毒蛇、骷髏、毒箭觸發我們的身體反應。等到我們體內飆出腎上腺素後，才看到他在教室裡上一些無聊的課。只有色情片比較適合把囉嗦的部分放在開頭。

你同時也要想想，大聲音並不總是以文字的形式出現。某些故事會運用龐大的藝術計畫來評論或釐清主角的想法。在《蝗蟲之日》，大聲音是陶德在公寓裡畫的大型壁畫。這畫到一半的作品叫〈洛杉磯的燃燒〉，描繪所有小說人物都和一棟古怪建築的（受經典作品啟發的）大火扯上關係。同樣地，在《第三類接觸》，李察．德雷福斯在電影中的大多數時間都在塑造懷俄明州惡魔塔的模型，它塞滿了整個房間。在我的《窒息》的改編版電影中，「過去」累積成又一幅壁畫。

動作自有權威性。——湯姆・瓊斯

對了，少量的大聲音可行百里路。建立場景時，它的效果很好。強化情節事件時的效果也很好。如果你是我的學生，我會要你盡量少用大聲音空談大道理。每當你切換到大聲音，都會把你的讀者撞出戲，太多評論也會減緩故事速度，使它慢得像在地上爬。如果你太伶牙俐齒、太愛說教、要求讀者該做何反應，也可能會令人不爽。

然而，一段一段地切換大聲音能暗示時間的流逝，也可以作為場景之間的緩衝，因為場景內各有許多物理性的動作發生。你也可以針對先前的行動交代一小段大意，拋出機智或明理的迷因來談人生。

質地：配屬語

我在這裡說的配屬，指的是對話中插入的小指示牌，**它會告訴我們誰說了什麼**。比方說：「別逼我停下這輛車。」她說。

或者：他問：「是誰死去，並使你成為羅斯．佩羅？」

我們太常看到一整頁缺乏配屬的口若懸河了。角色們向彼此連發妙語，過程中沒有任何關於他們姿態或動作的提示。很快我們就昏頭了，得回頭計算才會知道誰說了什麼。

在默片中，演員溝通的方式是手腳亂揮、扮鬼臉，偶爾才會有一行對話出現在字卡上。

早期有聲電影則相反，殘酷的麥克風要求所有人在附近擠成一團。沒人敢動。要等到幾年後，電影人才有辦法把默片時期誇張的身體語言和早期有聲電影那機智又戲劇性的對話結合起來。

理想情況下，你應該要讓對話兼有姿勢、動作、表情。

首先，你要運用配屬語，**避免使讀者產生混淆**。你得不計代價地避免讓讀者覺得自己很蠢！你會想讓讀者覺得自己很聰明，比主角還聰明。如此一來，讀者才會同理角色，才會想要聲援角色。郝思嘉迷人又聰明，可使男人為她的美貌傾心。我們有充分的理由討厭、憎恨她，但她蠢到把白瑞德視為自己的靈魂伴侶。於是我們就被吸引住了。我們覺得自己比較厲害，而且我們紆尊降貴、高高在上、偷窺狂似地希望她聰明起來。某種意義上，我們「收養」了她。

好啦，請運用配屬語，以免你的讀者迷失在長篇對話當中，覺得自己像個蠢蛋。更棒的是，我要告訴你，永遠別寫長篇對話，不過這等我們談到時再詳述。

第二，你要運用配屬語創造……**空白的一拍**。我指的是無味、空無的一刻，就像兩個音符之間的沉默。理論上，讀者不會默念出「他說」。他們的眼睛會跳過它，更大力地在下一個對話著地。比方說：「護士，」他說：「快去幫我弄個新鮮的胰臟來。」

你要運用配屬語來控制對話的呈現，創造出演員會安插的那種戲劇性停頓。否則，讀者快速讀完台詞後，不會知道該怎麼衡量它。

第三，**將身體動作當作一種配屬語使用**；可以強化或顛覆說話內容的配屬語。比方說：「咖啡？」她背對房間，在杯子裡注滿咖啡，扔氰化物到艾倫的杯子裡。「我想你會喜歡這新的法式烘焙豆。」

或者：「吸血鬼？」德克蘭勾起一邊嘴角笑了，不過他的手飛向自己的胸口，落在他從小佩帶的十字架。「你在鬼扯。」

讓角色的儀態和說出口的話語產生衝突，藉此製造張力。你的角色有手腳，有臉孔。請運用配屬語，控制對話的呈現。用動作支撐它，或用動作否定它。最重要的是，「誰說了什麼」這件事不要有模糊空間，以免讓讀者困惑。

最後我要告訴各位，有個讀者寄了洛杉磯加州大學的研究成果給我。大家總是會從《科學人》剪下這些報導寄給我。而這個研究聚焦於人如何在對話中溝通。結果顯示，人理解到的訊息當中，有百分之八十三左右是來自身體語言、語調、說話音量。在雙方交流的訊息當中，真正說出口的話語只占百分之十七。

這提醒了我一件事——我的義大利編輯愛德華多有次帶我去米蘭看李奧納多．達文西的繪畫作品《最後的晚餐》。你得特地預約，然後通過氣閥，進入一個所有環境條件都被控制的房間裡，看畫時間只有十五分鐘，之後你就會被請出門。在那短暫的拜訪過程中，我看出

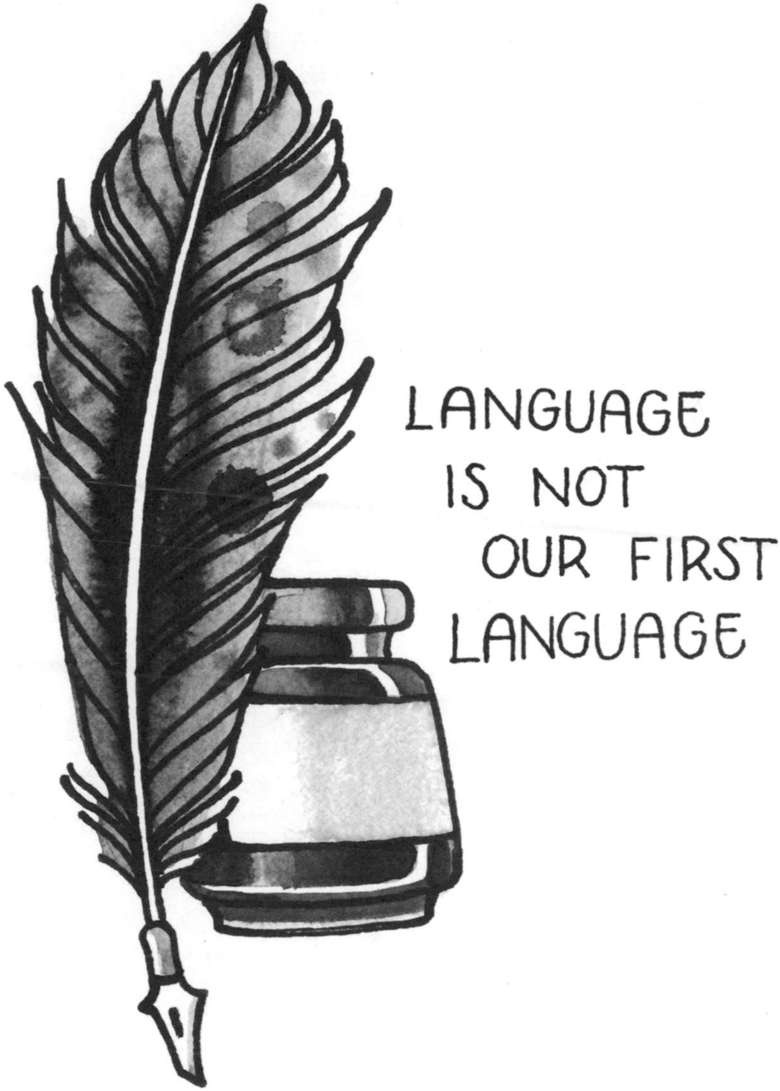
LANGUAGE
IS NOT
OUR FIRST
LANGUAGE

語言不是我們的第一語言。——湯姆．史班鮑兒

那幅畫真的是一個姿態目錄。肢體語言超越了義大利文或英文。老實說，所有情緒都存在於那幅畫作當中。

簡要地說吧，對話是你最弱的敘事工具。

湯姆．史班鮑兒總是這麼教我們：「語言不是我們的第一語言。」

如果你是我的學生，我會要你將每天都會使用的，快速且非語言的姿勢列成一張清單。拇指比的讚。拇指和食指的「ＯＫ」手勢。用拳頭輕敲額頭來「回想」某事。手捧心。搭便車者的拇指手勢，意思是「我迷路了」。豎起擺在唇邊的食指，意思是「安靜」。食指勾起，意指「過來」。我會要你列出至少五十種手勢。這麼一來，你就會察覺寫對話時可以加入的姿勢種類之多。

質地：無話可說時你會說什麼？

你遭遇過這種處境。你和朋友一起吃晚餐，聊得熱切開懷。在一個笑聲或一聲嘆息後，對話陷入沉默。你們耗盡一個話題了。沉默令人尷尬，但沒人開啟新話題。你要怎麼忍受這空無的一刻？

在我小時候，大家會用這句話填補空檔：「現在肯定是七分。」迷信者認為亞伯拉罕．

林肯和耶穌基督都是在七分死去的，因此人類會在那一刻陷入沉默，以榮耀他們。聽說猶太人會說這句話填補沉默：「一個猶太寶寶出生了。」我要說的是，大家總是辨識得出這空無的一刻。他們跨越沉默的方式會自他們共有的歷史中浮現。

我們需要……某樣東西掩蓋話題與話題之間的縫線。一球溫和的冰沙。影片可以剪接，可以溶接，可以淡入淡出。漫畫基本上就是一格連著一格。不過寫文章時，你要怎麼消融故事中的一個觀點，開啟新的另一個？

當然了，你可以沿著一段每時每刻的描寫不停前進，但那樣步調好慢啊。也許對當代讀者而言太慢了。有人會提出反論，說當今的閱聽眾被音樂錄影帶等有的沒的東西變笨了，然而我會主張：當今的閱聽眾是史上最老練的。我們接觸到的故事數量和敘事形式數量，都是史上之最。

因此，我們期望文章像影片那樣，快速又直覺地運作。為了做到這點，我們來想想大家在對話時是怎麼辦到的吧。他們搬出「之類的」。他們會說：「讓我們一致接受彼此的分歧」或者「別提那個了，林肯小姐，妳喜歡那齣戲嗎？」。

我朋友伊娜從《辛普森家庭》引了一句台詞，牛頭不對馬嘴地放在作品中：「我院子裡長出水仙花了。」

不論那句話到底是什麼，它都承認故事已拐入了死巷，並批准新點子的導入。

在我的小說《隱形怪物》當中，發揮這種機能的是兩句話：「抱歉，媽咪，抱歉，上帝。」在《鬥陣俱樂部》前身的短篇小說當中，發揮這種機能的是俱樂部規則的一再複述。

這麼做的用意是創造出適合那角色的歌隊。安迪·沃荷在他的某部紀錄片中說，他的人生座右銘已經變成「那又怎樣？」了。不管發生什麼事，好事或壞事，他都可以心想「那又怎樣？」來打發掉它。對郝思嘉而言，那等於是「我明天再想想」。如你所見，這歌隊也是一種心理學上的應付機制。

它會掩蓋話題與話題之間的縫隙，就像一片板條可以藏起牆壁和地面的交界。它可以讓讀者的思考跨到新劇情的另一頭，推動故事前進，並堆疊起懸而未決的事件，增加張力。

如果手法好，它也會喚起過去的事件。「七分」這個迷信強化了我們作為基督徒、美國人的共同身分認同。我敢打賭，大多數文化都會有類似的機關，來自過往的歷史。

題外話：我成長於Tampax棉條和女性衛生噴霧電視廣告的黎明期，廣告一播，我爸媽、爺爺奶奶、姑姑、叔叔、已成人的堂兄弟姐妹就會受到刺激，開始熱切交談，我愛死那情景了。播《大淘金》的時候我們都坐得像一攤死水，不過螢幕上一旦跳出陰道灌洗器廣告，所有人都會開始像喜鵲般嘰喳個沒完，好分散彼此的注意力。這有點離題，不過是類似現象。

在我的大學朋友之間，有固定的小圈圈密語。吃飯的時候，如果有誰下巴沾到食物，其他人就會碰觸自己臉上的相同位置，說：「有瞪羚跑出園區了。」公路旅行途中，如果有誰需要上廁所，他就會說：「我有隻烏龜探出頭來了。」

我的重點是，這些話語會強化我們的團體認同感，會強化我們應對僵局時所選擇的方法。它們可以帶著讀者輕易跨越文章中的變動，一如跳接可以輕易地帶著觀眾在影片中前進。

如果你是我的學生，我會要你列一份清單，寫下這種過渡句。從你自己的人生裡頭找。從其他語言、從不同文化背景的人當中找。

用進你自己的小說。像剪片那樣剪接小說。

質地：如何使時間經過

表示時間經過的最基本方法，就是報時。然後描述一些行動，然後再報時。很無聊的招數。另一個方式是列出行動，拋出許多細節，做完一件又一件差事，接著突然來到街燈閃爍或母親齊聲呼喚小孩回家吃晚餐的段落。這些方法還可以，如果你願意冒著讀者可能失去興致的風險。此外，在極簡主義寫作中，兩點或午夜這種抽象單位會被嫌棄是有原因的，這留待「建立你的權威性」那一節再討論。

請考慮運用蒙太奇，作為一個較佳的選項。設想一個章節或一段文字，以它標出一趟公路之旅上的城市，交代在每座城市發生的事，拋出多變的細節。就只有城市、城市、城市，就像布列特．艾利斯在《愛情磁場》結尾那經過壓縮的歐洲之旅蒙太奇。或者，設想我們在老電影裡看到的，在世界各地城市之間飛行的那種卡通小飛機，讓它快速地把我們帶到伊斯坦堡。

塔瑪．賈諾維茲的《紐約奴隸》（*Slaves of New York*）運用的蒙太奇，是療養院每日菜單列表。星期一，我們吃這個，星期二，這個，星期三，這個。鮑勃．福斯導演的《爵士春秋》中的蒙太奇，是一系列快速剪接的連續鏡頭，拍主角每天早上刷牙、吃苯丙胺[4]，然後對浴室鏡子說：「好戲上場！」

當你描述城市，或餐點，或男朋友時，保持文章的簡短，然後將它們壓縮在一塊。蒙太奇結束後，我們就會來到一個具體的場景，但也會感覺到時間過了很久。

另一個暗示時間經過的方法是轉切。結束一個場景，然後跳回倒敘，在過去和現在之間切換。如此一來，當你跳回現在，不一定要落在離開的那個時間點。每次跳躍都可以揑造時間，暗示時間已流逝。

或者，你可以**在兩個角色之間轉切**。想想約翰．伯蘭特《午夜善惡花園》和亞米斯德．莫平《城市故事》的各種敘事線吧。每個角色一一遭逢障礙時，我們就會跳到不同角色的身邊。如果讀者只認同一個角色，那麼這種安排會有點令他抓狂。不過每次跳躍，都會讓我們在時間軸上前進一些。

或者，**在大聲音和小聲音之間切換**。把這手法放在心上，然後去回想史坦貝克《憤怒的葡萄》的各章節。有時候，我們會跟在約德家族身邊，聽小聲音描述他們的旅程。其他時候，我們會讀到大聲音的段落，那觀點概括性地評論加州的乾旱、被迫離開的移民、提心吊膽的地主和執法人員。接著我們又切回約德家族，他們走得更遠了。之後我們跳到談論天候和洪水高漲的大聲音章節，然後又跳回家族那裡。

如果你是我的學生，我會吞吞吐吐，最後告訴你運用**空行**來表示時間經過。你可以結束一個場景或一段文字，放入大範圍的空白，然後才寫新的場景。我聽說早期廉價小說是不分章節的。他們只會運用較小的空白間距，這樣出版商才能避免章節間出現一頁或一頁半的空白，那樣太浪費了。這樣每本書就能省下幾頁新聞紙，有助於提高利潤。

在我的小說《美麗的你》當中，我不分章節，只運用空行，因為我想模仿廉價版平裝色情小說的模樣。歐威爾在《一九八四》提到機器為無產階級書寫的色情小說——就是這玩意兒，以及「耽美同人」（Slash）這種猥褻、荒謬的文類給了我靈感。

4　藥用安非他命品牌。

作家莫妮卡·德雷克曾提到她在亞利桑那大學藝術碩士班師承喬伊·威廉斯的經歷。威廉斯瞄了一眼某人在工作坊提出的小說，嘆了一口氣：「啊，空行……寫作者的損友。」

也許他這麼說是因為，寫作者用了空行（而不切換到不一樣的描寫，不跳到不同的時間或角色或聲音去的話），有可能會白白回到同樣的元素上，完全沒製造出張力。比方說，如果我們用空行隔開羅伯特一天之中的事件，故事可能會變得很單調。但如果我們在羅伯特、辛西亞、兩人文藝復興時期的祖先之間跳來跳去，讀者就會有時間從每個元素之中抽離，更能欣賞它們，更會在乎故事的結果。

因此，如果你是我的學生，我會允許你一開始運用空行來表示時間經過，但別鬆懈下來。那些輔助輪很快就會拆掉的，等不了多久。

質地：清單

想為故事添加新的質地，就加入清單吧，別猶豫。看看《大亨小傳》第四章開頭的賓客清單，加得多麼美啊。布列特·伊斯頓·艾利斯有次告訴我，費茲傑羅的清單啟發了《格拉莫拉瑪》（*Glamorama*）當中的賓客名單。也讀讀提姆·歐布萊恩的《負重》吧。我很喜歡納日尼爾·韋斯特《蝗蟲之日》的第十八章：主角追著一個女孩，穿過一九二〇年代好萊塢電影片場的固定布景。假紀念像、骨董串在一起，各種文化和歷史上各種時期摩肩接踵地擠在一塊，當代世界與恐龍並置。那也許是所有文學之中最完美的超現實段落。

如果你是我的學生，我會要你讀它，讀第十八章，然後要你讀費茲傑羅《最後的大亨》當中的連續幾段：地震造成類似的好萊塢片場淹水，主角看著一長串假紀念像和骨董從眼前流過。請留意韋斯特如何帶我們穿過一大串物件，而費茲傑羅又是如何將我們固定在一處，看物件移動。

清單會使頁面變得破碎，逼迫讀者一個字一個字閱讀。我喜歡在《鬥陣俱樂部》列出IKEA家具顏色的的感覺，而我當初寫《革命的那一天》的願景就是寫一本清單之書，當中有一份不見天日的神祕名單，而所有人都贊成讓名單上的人遭到刺殺。

好啦，清單。運用它們吧。

質地：透過反覆來描寫一種社會模式

還記得你小時候可以丟幾塊板子到地面上，然後想像出不同的世界嗎？「泥土是岩漿，板子是跨越岩漿的唯一安全通道。」小孩子可以當場想像出新的場景，擬定規則。世界會變成他們共同認定的模樣。樹是安全領域，人行道是敵人的領土。

如果你是我的學生，我會告訴你一個祕密，那就是貝瑞．漢納曾告訴我：「讀者愛死這鳥招了。」

只要看看那些成功的小說就夠了，看它們如何規定人在群體中應有的行為模式。類似《編織戀愛夢》、《YaYa私密日記》、《喜福會》的小說，裡頭有一群人被他們一致同意的規則和儀式綁在一塊。有許多書會塑造一個方式，讓一群女人聚在一起分享她們的故事，《牛仔褲的夏天》是其中之一。男性角色的例子比較少，我唯一想到的只有《春風化雨》，當然了，還有《鬥陣俱樂部》。

我猜這是因為，大家根本不知道要如何相處。他們需要一個結構、規則，需要角色去扮演。一旦這些都建立起來後，大家就可以聚在一起，比較彼此的人生，向彼此學習。

湯姆．史班鮑兒總是說：「作家寫作是因為他們沒獲邀參加派對。」因此有件事你要銘記在心：讀者也是一個落單的人，很可能在待人處事方面比較笨拙，希望故事提供一個法子，讓他們也可以得到其他人的陪伴。讀者，孤單一人在床上的讀者，或在擠滿陌生人的機場落單的讀者，會對傑．蓋茨比豪宅內的派對情景有所反應。

所以我才有這麼多本書在描寫社會模式，不論是《咆哮》（*Rant*）當中的撞車派對，或是《嗅》當中結構緊密的片場禮儀。一旦建立起你的規則，並開始重複它們，角色便能進入它們提供的框架，感受到自信。角色會知道該如何行動。他們會開始放鬆下來，展露自我。

讀者愛死這鳥招了。——貝瑞・漢納

我花了幾年時間才明白自己為何要寫這些談社會模式的書。要到有人介紹文化人類學家維克多．特納的著作給我，我才恍然大悟。他提出一個看法：人類會創造「類閾限」活動作為一種社會實驗。這些活動分別是一個短命的社會，當中成員認定彼此平等。他的用詞是共同體（communitas）。如果實驗成功——如果它以種種方式服務人們，例如提供社群、樂子、紓壓、自我表達的管道等等，那它最後就會演變成一種習俗，最近最好的例子是火人祭——於內華達州黑石沙漠舉辦的慶典。另一個例子是聖誕老人暴衝，聚集在一起的狂歡者全都打扮成聖誕老人，也全都自稱聖誕老人。這兩個活動都已不只是自然生成的偏激、偶發性事件，而是廣受喜愛的習俗了。

寫作者很可能是世界上最孤獨的人。專家根據充分理由論斷，肯．克西筆下《飛越杜鵑窩》的瘋人的原型，是他在史丹佛參加的工作坊的成員。其他類似的情況是，童妮．摩里森《寵兒》中的農場很可能是以她的工作坊為原型，而羅伯特．奧倫．巴特勒《太空人先生》（*Mr. Spaceman*）中的巴士乘客也可能是以他的寫作工作坊成員為原型。

語言人類學家雪莉．布萊斯．希斯曾說，一本書唯有將讀者凝聚成一個社群，才可能成為經典。那麼，請把閱讀認定為孤獨的消遣吧。不要避免在你的故事發明儀式。去發明規則和禱文吧，給讀者可扮演的角色，可背誦的台詞。將某種交流和告解的形式放到故事裡頭，讓讀者也可以講講自己的故事，和其他人建立連結。

你可以考慮創造一個「樣板」章節，來提升儀式的效果。拿一個既存的章節過來，改掉次要細節，讓它以新酒的姿態顯現。讀者可能不會注意到你做了什麼，但會無意識地認知到一個重複的結構。用這個樣板創造三個章節，等距地放在書中。

當今世上，有許多兄弟會、姐妹會，有許多宗教正在消失。如果你是我的學生，我會請你**運用儀式和反覆**，來為你的讀者打造新的兄弟會、姐妹會、宗教。給讀者可複製的模式，可模仿的角色。

質地：轉述vs引用

請想想，**當你將角色的對白放進引號中，角色就會更具現實感**。反過來說，當你轉述角色的對白，你就會推遠他們、削弱他們。

比方說，轉述性的發言：我叫他們把盒子放到角落。

相對於——我對他們說：「把箱子放到角落。」

寫《鬥陣俱樂部》時，我選擇將所有人的對白都放在引號中——唯一的例外是敘事者。就連泰勒都會變得比較具有現實感，因為他的話語放在引號內。那麼，當你想要顛覆過去的發言時，就要用轉述。你如果想要否定或貶低一個角色，就轉述他的對白。

當你想要展現一個角色時，就把他們的對白放進引號。加入配屬語。透過動作的描寫來烘托角色的發言。

這招效果很微妙，但如果你是我的學生，我會告訴你：這招有效。

打書巡迴途中寄出的明信片

金．立克茨對我說了史蒂芬．金的故事。華盛頓大學書店的活動結束後，我們去了貝爾鎮。她邊喝啤酒，邊對我說她正在拓展業務，開始為微軟和星巴克這種企業規劃演講活動。我需要搭車才能回旅館，但金這人睿智又好笑，她在說史蒂芬．金的故事前，先說了艾爾．弗蘭肯的故事，說明華盛頓大學如今為何要求所有作家演講活動的參加者都必須買書。因為艾爾．弗蘭肯讓肯恩樓的八百多個座位塞滿，學生聽他說的每句話都哈哈大笑。參加活動免費，不過那一晚結束後，弗蘭肯的書狂賣八本。

根據新規定，你要先買書才能參加活動。

金說，要搞定史蒂芬．金的活動，得先同意他的標準條件。她得雇用保鑣，找一個可以容納五千人的場地，每人限簽三樣東西。活動將長達八小時，期間得有人一直站在簽名桌旁，拿一包冰塊幫他冰敷。

活動當天來臨了，金負責拿前述那包冰塊。簽名會場在國會山的市政廳，原本是一座教堂，從那俯瞰西雅圖鬧區的景色，美到你會「落下頦」。那裡擠滿五千人，大都是年輕人，他們都已準備好要等上好幾個小時，讓作者簽三個名。

史蒂芬．金坐下，開始簽書。金站著，手拿冰塊，敷著作家那難搞的肩膀。金說，他最後得簽一萬五千本書，但還簽不到一百本就抬頭問她：「能不能幫我弄些繃帶來？」

他讓她看他簽名那隻手。他一輩子都在跑馬拉松似地簽名，拇指和食指的整片皮膚變得像化石了，形成厚厚的老繭。這些繭之於作家，就像菜花耳之於摔角選手。繭厚得像劍龍的獸皮，此時卻開始龜裂了。

「我的血滴到書上了。」史蒂芬．金說。他讓她看原子筆上的新鮮血痕，以及某本書封上殘缺的血指印。書的主人是一旁等待的年輕人，看到自己的所有物被偉大文字工匠、偉大說書人的體液弄髒，似乎一點也不沮喪。

金準備邁步離開現場，但太遲了。下一個等著簽書的人已經偷聽到他們的對話。「不公平！」他吼道：「金先生如果在他的書上沾血，那也要在我的書上沾！」

這句話，場內所有人都聽到了。憤慨的尖叫充斥這洞穴般的廳堂，五千名恐怖小說迷都在索討他們的份，他們也要名人的血。怒吼的回音洪亮地從圓頂天花板反彈回來。金勉強聽到史蒂芬．金問她：「妳能把我弄出去嗎？」

仍在為他冰敷的她說：「他們是你的讀者……你決定怎麼做，我就怎麼做。」

史蒂芬·金回頭繼續簽書。邊簽，邊流血。金待在他身邊。群眾發現沒人送繃帶上前，抗議聲就平息了。五千人，一人三本書。金說簽書會進行了八小時，不過史蒂芬·金真的設法為每本書簽名並抹上了血痕。活動結束後，他虛弱到得讓保鑣托著腋下才有辦法一路走到他的林肯Town Car上。

到了這時，車子都上路要送他回旅館了，災難還沒結束。有一群人因為參加人數過多，沒簽到書；他們跳上自己的車，緊追在史蒂芬·金的車後方。這些愛書人衝撞、搗毀林肯車——這樣才有機會和他們最愛的作家見上一面。

在小酒館內，金和我望向窗外的無人街道。我們為夜色沉思。她的夢想是在西雅圖的巴拉德開一家書店，只賣烹飪相關書籍。她在二〇一一年死於類澱粉沉積症。金·立克茨夢想中的書店——食品櫃書店（Book Larder）至今仍在營業。

不過那天晚上，只有金和我，酒吧內沒有其他人了。我們有點醉，但沒很醉。聽完她說的史蒂芬·金的故事，我搖搖頭，問：「那麼，我們都渴望的名氣就是這麼回事囉？」

金嘆了一口氣。「他們的名氣是大聯盟級的。」

願上帝保佑你，金．立克茨。願妳那許許多多的墓穴，會有其中一個永存於我的腦袋裡頭。

二、建立你的權威性

「建立你的權威性，」湯姆．史班鮑兒過去總對我們說：「然後你就可以做任何事。」我們這些學生會別一個上頭印有這句名言的胸章，就像信教者會佩戴十字架之類的東西。那是我們的教義。極簡主義的十誡之一：別用拉丁文衍生字，別用抽象概念，別有樣學樣……**一旦建立你的權威性，你就可以做任何事**。

我還要加上湯姆．瓊斯的建議：動作自帶權威性。如果你透過一連串清晰、具體的動詞在場景中移動——踩出步伐，碰觸物件，你的讀者就會緊跟著你，一如狗的視線死命追著松鼠。

如果你是我的學生，我會要你們想想下面這幾個在故事中建立權威性的方法。令讀者相信你。令不可思議之事顯得無法避免。

權威性：權威性發言

你在許多電影中都看過這種典型的權威性發言。在《智勇急轉彎》中法庭判決快結束時，瑪麗莎．托梅把握機會大談一九五五年雪佛蘭Bel Air和它的三二七立方英吋引擎、四腔化油器。

在《穿著Prada的惡魔》中，梅莉．史翠普為一名模特兒召來一批衣服時，發表了天青藍運用於時尚產業的近代史，內容巨細靡遺。

電影《金法尤物》當中有兩段權威性發言。第一段在羅迪歐大道的服飾店，瑞絲・薇斯朋訓斥店員，拋出一大堆事實，揭穿店員的謊言。第二段則在法庭上，瑞絲・薇斯朋講解燙髮的化學機制，以事實大力反駁檢方證人的證言。

若要快速、強力地提出一個角色具備權威性的證據，沒什麼手法比這招更好了：讓她**滔滔不絕地拋出事實**，顯示她擁有深入的技術性知識，而且是沒人料得到她會懂的那種。最近的性別政治，使得這招對女性角色而言比較實用，對男性則效果沒那麼好。首先是因為，我們得讓讀者以為該角色很愚蠢。當一個看似傻氣的角色展現他對某重要知識有深入的理解時，意外性才會上門。想想電影《阿珠與阿花》的夢境場面吧，阿花在當中背誦出製作膠水的過程。而，哎呀，這些作品中腦袋空空的角色往往是女性。

這年頭，由男性角色發表這種言論的話，會被視為惹人厭的男性說教，這還算好的。最慘的話，會被當作亞斯伯格症的症狀。然而，我們還是有些男性角色的例子。只要看《心靈捕手》就行了，麥特・戴蒙在大學小酒館那幾個場景，他滔滔不絕地炫學，意圖支配那些未來的天才。

另一個題外話：躲在本書背後的編輯韋斯（他一直都在，從未被注意到）提出一個看法，那就是權威性發言會讓角色更討喜。我認為「討喜」這個概念本身有很大的問題，我們之後會再回頭來談。不過呢，我寧可敬重一個角色。老實說，我甚至不喜歡討喜的人。

所以囉，如果你是我的學生，你需要為角色建立權威性（也建立你身為寫作者的地位）的話，請先把角色描寫為心思單純的人，然後讓她或他激昂地拋出一連串深奧、複雜的事實，去震撼讀者。

權威性：死去的父或母

刮下任何喜劇的表面，你都會發現一名死去的母親或父親。是未平復的、無法平復的傷痛，催生了所有俏皮話和滑稽的舉止。

就算是在戲劇中，悲劇背景也會讓整齣劇變得更能讓人忍受。

死去的親人無所不在。

在厄爾・韓姆納的電視影集《華頓家族》當中，年輕的班・華頓之名其實是取自約翰・華頓死於一次世界大戰的兄弟，儼然從未被提及的鬼魂。在《峽谷情仇》中，男家長湯姆・巴克利已經死了，留下芭芭拉・史坦威管理牧場。《大淘金》中的女家長死了。黛安・卡洛爾主演的《茱莉亞》當中，男家長在越南開直升機時遇難身亡。在《艾迪父親的求愛》中，母親已經身亡。在《幽靈與未亡人》中，父親已經身亡。母親已經身亡。《萬能保母》中的母親已身亡。《艾勒里．昆恩》中的母親已身亡。

高人氣喜劇當中的死亡數很驚人。《安迪格里菲斯秀》，母親死了。《豪門新人類》，母親死了。《我的三個兒子》，死母親。《踏實新人生》，死父親。《菲莉絲》，死父親。《歡樂滿人間》，死父親。《妙叔叔》，父母雙亡。《脫線家族》，父母雙亡。《五口之家》，家長全掛。

如果你是我的學生，我會問你：「為什麼有那麼多成功的情節設計都從家庭著手？」因為對我們大多數人而言——尤其是對年輕人而言，我們最深的恐懼是失去雙親。如果你創造出一個或兩個家長都身亡的世界，就會得到「自讀者最深的恐懼中倖存下來」的角色。你的讀者打從一開始就會尊敬他們。就算在世的子女仍是兒童或青少年，他們未明言的痛苦會在讀者心中將他們塑造成大人。

還有，從第一頁開始，任何發生的事情都是殺不死角色之事，因為他們已經歷過最糟的事，並存活下來了。死去雙親會凝聚在世家人的情感，讀者看了也會希望自己和自己的家人能以那樣的方式連結。

為了創造一個讀者永遠不會想批評角色的故事，你要在第一頁之前就殺死他們的母親或父親。

權威性：小細節要弄對

有人曾經告訴我教堂彩繪玻璃窗的祕密。他先是告訴我神職人員過去如何運用這些窗子教文盲讀《聖經》。它們是那個時代的炫目立體銀幕，播放西席．地密爾級的影像史詩。這些夏季賣座電影，高聳地描繪出鯨魚中的約拿、分開的紅海、耶穌升天。

令奇蹟產生可信度的機關是：把奇蹟放在窗戶高處，遠離下方的觀者。所有真正一絲不苟的工程都在於創造觀者首先注意到的細節，他們位在低處之所見。

如果觀者相信與他們同樣高度的細節為真——相信地上的植物、涼鞋、服裝上的打褶，那他們也會相信窗戶高處描繪的奇蹟。瑪拿有可能自天堂降落人間，人的頭上有可能頂著光環，天使有可能在雲間飛翔。

拍攝電影《鬥陣俱樂部》期間，我問導演大衛．芬奇：「觀眾會接受最終真相揭曉嗎？會接受布萊德．彼特的角色只是被幻想出來的嗎？」芬奇回答：「如果他們一路上都相信一切，那他們就會對情節轉折感到信服。」

如果你是我的學生，我會要你把上面那段話放在心上，然後要你專注地分解一個動作，並描述它，令讀者印象深刻到他們會不自覺地學著做。不是什麼都要這樣寫，要去寫關鍵物件，以及即將展開的行動。讀雪莉．傑克森的〈摸彩〉，留意她如何在抽紙籤用的箱子上流連忘返。她描述它存放在何處，如何製造出來，又取代了何物。她揮霍在這普通木箱上的注意力，有助於我們接受它的可怕用途。如果我們信服這箱子，我們就會信服它推動的儀式性殺人。

小細節弄錯，會讓你置身險境……《美麗的你》打書巡迴時，我遇到一位年輕女性，說我一直在拙劣地拼湊女主角的細節設定。我要她給個例子，請她告訴我，佩妮．哈利根的設定中哪一個最脫離現實。佩妮．哈利根是來自內布拉斯加的女孩，她的自慰工具是死去的性愛教練木乃伊化的手指，植入她體內的小機器人不斷對她進行情色折磨，而植入機器人者是世界上最有錢的男人，他希望基因重建他死去已久的妻子……

「佩妮身上最脫離現實的設定？」讀者問。

對，我想知道我最大的紕漏是什麼。

她想了一下。「簡單。你說她最喜歡的冰淇淋口味是奶油太妃糖。」她替我的愚蠢搖搖頭。「那是老人愛的口味。」

我問她，佩妮應該會喜歡什麼？

「巧克力，」她說：「只要是巧克力口味的東西都愛。」

結案。最小的失誤就能毀去所有可信度。

權威性：陳腔濫調的權威性

創作者的工作是為其他人認識和表達事情。有些人還沒完全掌握自己的感受，有些人缺乏表達感受或想法的技巧，有些人缺乏勇氣表達。

不管是哪種情況，總之我們讀到真確的敘述時會辨識出那是真確。一流的作家彷彿可以讀我們的心，他們揭露的恰恰是我們從來無法訴諸文字的。

諾拉．艾芙倫在小說《心火》中寫道：「你單身時和其他單身者約會，你有伴侶時和其他情侶約會。」讀到這句話，我願意相信她之後寫在紙頁上的任何事。

我對艾咪．亨佩爾的看法也一樣，她寫道：「狗想要的是所有人永遠不離開。」

弗蘭．利波維茲曾寫道：「說話的相反不是傾聽，是等待。」

亞米斯德．莫平發明了莫那法則，它闡明：人的一生中，只能獲得好戀人、好工作、好房子這三樣東西的其中一樣。你頂多掌握其中兩樣，從來沒有人三樣皆有。

楚門．卡波提寫道：「妳只能從男人給妳的耳環來判斷他對妳真正的想法。」

像這些用字精妙的格言，全都帶有孔子或奧斯卡．王爾德的權威性。**一個睿智、直覺的觀察可傳遞出來的力量，比維基百科上所有事實加起來還要強大。**

狗想要的是所有人永遠不離開。——艾咪・亨佩爾

權威性：你的說故事脈絡

在充滿假新聞的世界……在這個網路腐蝕所有資訊可信度的世界……人對於了解故事背景的渴望程度，跟聆聽故事本身的渴望程度是相當的。脈絡和資訊來源的重要性達到史上之最。

所以囉，如果你是我的學生，我會問你：「是誰在說這件事？他們在哪裡說話？他們為什麼要說？」

看看四周吧，這世界充滿公共集會場所，人會在這些地方訴說自己的故事。這些地方對寫作者而言是金礦，我們可以在這裡找到材料。它們本身也適合架構故事。我在為我的小說《窒息》和《隱形怪物》做功課時，很喜歡打色情電話。這裡有一個又一個頻道，一個又一個人會在上頭訴說他的故事。如果某個故事變無聊了，我就會跳到另一個去。如果那故事的情節不怎麼縝密，我會專注於對方的用詞癖性如何強化他要說的事實。在下雨的午後，我會坐下來，話筒放在耳邊，草草寫下筆記。這些口述的軼事美妙又生猛，我會從中尋找類似的模式或主題，也許就能將其中幾則串連成短篇故事，或一系列場面。誰知道呢？搞不好哪天我會把976性愛熱線當成背景來寫故事。如果你在庸俗的色情電話上聽到對方訴說一個悲劇故事，感覺會特別心酸。或可能更棒：在人們聊下流話題的低俗文化脈絡下，聽到一個關於救贖的故事。

另一個說故事的脈絡是成癮症戒斷互助會。他們真的已經成了一種新的教會，讓人可以去告解自己最惡劣的一面，並讓他們的社群回過頭來接納他們。就算這些故事缺乏光彩，也是由練習多年的人訴說的。撇開脫口秀不談，美國如今可沒剩什麼口傳故事了。然而，這傳統在十二步驟互助團體中茁壯著。脫口秀是站著表演的喜劇，互助會就是坐著訴說的悲劇。你不能洩漏別人吐露的祕密，這是廢話——不過還是可以學到如何有效的說故事。你能學到的技巧比許多藝術碩士班都來得多——而且免費，還附上免費咖啡。如果寫一個這樣的故事呢？某人從匿名戒酒互助會偷了一個故事，把它變成一部超賣座電影……？想像那行動將引發憤怒、嫉妒和復仇，同時又使讀者保持同情。

另一個優秀的說故事脈絡是深夜電台。那些人談大腳怪、黑色直升機、永不安息的鬼魂、火星人……就像在講床邊故事給大人聽。這些古怪、美妙的故事如童話般探索著人的潛意識。廣播節目中的聲音會激發如夢的意象，這些意象又會引導我們進入自己的噩夢當中。聽眾會打電話進來分享自己的軼事，撐起當晚大致的主題。這就像雪赫拉莎德在《一千零一夜》中訴說她無止境的故事。

另一個聽起來不太像說故事脈絡的說故事脈絡，是有線電視的購物頻道。任何產品的叫賣都值得看，不過我自己偏好珠寶頻道，你會看到令人感到親近、操著純樸口音的傻氣主持人端出一條珍珠項鍊，同時吐出一長串話，說你要是擁有這條項鍊，你的朋友和家人會多麼羨慕嫉妒。那感覺就像冥想引導。「想像一下，你們教會的女士將會團團圍住妳，對這翡翠戒指又『啊』又『喔』的！哎呀，你會成為眾人的焦點，所有人都會嫉妒到臉色發綠！」如果這樣還無法讓你上鉤，他們會搬出愛來向你兜售。「你的寶貝孫女一輩子都會珍惜這個粉紅戒指，她只要戴上它就會想到你……」

所以囉，如果你是我的學生，我會叫你寫一篇小說，請你化身為一名顧客，打電話給電視購物頻道，說一個跟你最近買的東西有關的故事。

選擇既存的說故事脈絡有很棒的一個面向，那就是脈絡會規定故事的結構和轉折。色情電話暗指每分每秒都在增加的信用卡費。電台節目會有廣告休息時間。所有塑造架構的裝置都已經存在，不需要去發明。

我要舉出我的最愛作為最後一個脈絡範例。我認識的某些硬漢中的硬漢，例如前空降消防員、現役軍人，他們都喜歡骨董估價節目。尤其喜歡公共電視的《鑑寶路秀》。參加者會帶傳家寶來，專家則會進行鑑定。持有者會訴說物品的歷史，而那通常和家族世系有關。專家會贊同或否定那個故事。物品所有人通常會發現他死去的親人是蠢蛋或騙子，在眾人面前大受打擊。物品的價值連他預期的一半都不到。有時專家會將那玩意兒鑑定為一小筆財富，不過通常都會被當作垃圾打發掉。在一個進展快速的公開儀式中，物主呈現給我們一個情感飽滿的傳奇，以及作為證據的物件。下一刻，那個傳奇就被戳破了。該家族對自身的看法遭到迎頭痛擊，而這一切都發生在鏡頭前。參加者不斷面臨儀式性的羞辱，因此那些硬漢深愛這種節目——英雄出身低，臭屁王出糗。

就算鑑定的骨董被證實為真貨，價值連城，物主還是有損失。它所有的史詩、魔法力量、某某曾叔公高舉著刀或其他武器衝上戰場的故事……還是被降格為金額數字了。它的力量如今受到市場願意出的價格所限制。

這是一種老古玩商店型集錦，更符合現代的版本。

好啦，如果我是你的老師，我會要你寫一個故事，寫一個職業倦怠的廣播節目鑑定人，被人要求判定被詛咒的猴掌……縮水的人頭……聖杯的價值。

權威性：從非小說形式剽竊權威性

建立權威性的方法當中，最簡單的就是偷。想想奧森·威爾斯，他以電台廣播放送H·G·威爾斯《世界大戰》的內容。威爾斯採取所有非小說新聞播報的傳統，編出一個可信度極高的荒唐故事，令數百萬人陷入恐慌。他們逃回家中，打電話給愛人道別。

想想電影《厄夜叢林》。它光是宣稱有一支調查隊失蹤，他們的紀錄影像修復後被放入故事之中，整部電影便超脫了它的粗糙，嚇得了人。同樣地，電影《冰血暴》原本有可能變成另一部《撫養亞利桑那》之類的打鬧劇，直到柯恩兄弟想到要在電影前面放一張字卡。嚴肅的黑底搭上白字，宣告：這個故事改編自真人真事（它並不是）。

想想《大國民》，這部電影開頭用新聞短片作為簡述情節概要的工具，然後用一群沒有面貌的記者將接下來的幾場戲串連在一起。訪問則成為切換觀點與時間片段的工具。此外，這些人是「記者」的事實，為灑狗血的故事注入重力和真實感，使觀眾買單。

非小說形式形塑了我們最知名的作家。海明威的第一份寫作工作是《堪薩斯明星報》記者，負責報導社會版。他將報社內部的寫作指南牢記在心，寫出一截又一截短句，並在裡頭大量使用主動動詞。而他在往後的寫作生涯，也運用同樣易讀的報章體寫精鍊的散文。費茲傑羅的情況也很類似，他的第一份工作是機械式地吐出廣告文案。此後，他的小說中永遠充滿廣告意象、品牌名稱，以及誘惑性的抒情句，至今仍能迷倒我們。

所以囉，如果你是我的學生，我會告訴你，**非小說形式可以讓最奇幻、最感傷、最愚蠢的故事顯得完全合情合理**。

我在自己的許多小說中使用過非小說形式。《窒息》當中，十二步驟復原程序的第四步驟：簡述成癮者的一生。《咆哮》中採取口述歷史的形式，在故事中穿插許多訪談，訴說某個當下缺席者的故事。那本書的眾多原型之一，是珍．史坦的《伊迪：一個美國人的傳記》，它談的是伊迪．塞奇威克[5]的故事。我的《隱形怪物》當中，許多結構來自我每個星期洗衣服時，在洗衣店看到時尚雜誌的混亂排版。

非小說形式除了能向小說出借更高的真實感，也能規定作品的結構以及每場戲的轉折方式。比方說，時尚雜誌裡的文章就是會「跳」到同一本書的指定頁數去。在口述歷史當中，每個新講者都會被呼喚一次名字，他說話會使用冒號。

我的《侏儒》看起來像一系列「快電」，發送者是一名間諜，他藉此回報祕密任務的進度。工作坊中的雀兒喜．肯恩建議我用黑色方塊遮掉某些細節，使「文件」顯得像是被校訂過。效果實在太好了，要是以前的我也多用一點該有多好。後來我繼續用這招，例如在《鬥陣俱樂部2》中，我用「真正的」玫瑰花瓣和藥丸遮住角色的臉孔，藉此降低他們說話的誠懇度。或者掩蓋他們的對話，也否定他們話語中的伶俐。謝謝妳，雀兒喜。

非小說形式當中，任何看似固有缺陷的面向（《科洛弗檔案》中極晃的鏡頭，以及誇張的演技）都會在你模仿、挪用至虛構作品時成為一種資產。例如監視器畫面中的黑白雜訊會為作品帶來新一層質地，以及有別於傳統影片的新鮮觀點。在電影版《鬥陣俱樂部》中，大

5 美國六〇年代知名女星，曾擔任許多安迪．沃荷短片女主角。

衛・芬奇會剪進這類影片作為一種「客觀」視角，呈現敘事者和自己搏鬥的模樣。

所以囉，如果我是你的老師，我會叫你研究各種非小說形式有何不完美之處。找出它們的缺陷，並運用這些缺陷，使你的小說變得更真實、更有稜角、更有專業寫作者的架式。

權威性：別管討不討喜了吧

歡迎來到美國，我們這國家是一場永無止境的大型人氣競賽。也歡迎來到資本主義的世界，在這裡，「受歡迎」凌駕其他一切事物。

如果你是我的學生，我會叫你別管自己是否討喜。口味總是隨時間變化，無論是大眾口味或個人口味。你的作品也許不會立刻受歡迎，但如果它持續停留在某人的記憶中，便很有機會隨著時間漸漸受人愛戴。我第一次讀某些書，是大學強迫我讀的——像是《簡愛》、《飛越杜鵑窩》、《高加索灰闌記》，那時我恨死它們了。然而，過了很久以後，我回頭去讀，它們成了我的最愛。

請看，以下這些電影首映時的反應其爛無比。《活死人之夜》、《哈洛與茂德》、《刀鋒戰士》。它們在大眾記憶中找到一席之地，然後時間使它們成為經典。所以囉，**寫作不要以被人喜歡為目標，要以被人記住為目標**。

權威性：在敘事觀點之內寫作

接下來這個技巧可能是寫作當中最難搞的一環。不過一旦你掌握訣竅，會讓寫作變得更簡單，而且會帶來超乎想像的樂趣。

不要描寫一個角色的外側，而是要從內側去寫。

這句話的意思是，角色描述世界的方式必定會顯示出他的個人經驗。你我從未真正進入同一個房間，我們都會用自己的生命作為濾鏡，去看那個房間。水管工和畫家所見的房間天差地別。

這代表，你不能使用抽象度量單位。別再寫六呎高的男人了。相對地，你要根據角色或敘事者的視點，去描述身高七十二英寸的男人。角色可能會說「這男人高到你無法親吻」或「這男人跪在教堂內的身高和她爸一樣」。你不能將氣溫描寫為華氏一百度，也不能將旅行的距離描寫為五十英里。所有標準度量衡都會妨礙你描寫筆下角色觀看世界的方式。

好啦，別再寫五歲女孩了，別再寫七點鐘了，別再寫兩噸卡車了。

對，當你必須分解細節、轉譯成角色觀點所見時，感覺很痛苦。但只是起初會痛苦。經過一些練習後，你就會開始透過角色的經驗去觀看世界，那些描述會自然地浮上心頭。

最後，這會變成一件好玩的事。

你也許會覺得，進入一個角色就像是暫時離開自己，去度假。不過面對現實吧，你永遠不會變成別人。不論你創造出什麼世界，你永遠都是在擦自己的屁股。同樣的屁股，套上不同的褲子。你選擇探索某個角色，是因為你對他的某個特質有共鳴。別自欺欺人了，化身為別人寫作並不是在逃避現實，一秒都別這樣想。真要說來，寫作給你的是更大的自由，讓你更能去探索你不敢有意識進行探索的部分自我。

從角色內側寫作的另一個面向是，運用只有該角色會運用的語言。世界上沒有哪兩個人會說一樣的話。每個人都有他自己的語彙庫。每個人誤用詞彙的方式也都不同。比方說，我注意到來自大家庭的人，說任何話之前都會先用一個小句子來吸引別人注意。

他們會說：「會喔，今晚會很冷。」

一個小小的題外話：為《咆哮》做功課的期間，我參加了一個二手車銷售員的討論會。講師向聽眾解釋，世人大概有三種類型：視覺型、聽覺型、觸覺型。視覺型會用視覺相關的詞彙為每句話開頭：「看這邊……」或「我看得出來，可是……」；聽覺型會用聽覺的相關詞彙：「聽著……」或者「我聽到你說的話了」；觸覺型會用具體、動態的詞彙：「我抓住你的點了」或者「我沒有辦法掌握」。不管是不是鬼扯，起碼這個問題是個好起點：你的角色會偏向哪一種？

更重要的是，他或她會有什麼反覆出現的口誤？

根據湯姆·史班鮑兒的說法，他的老師高登·里許把這種算計過的、有瑕疵的語言稱之為「燒燙語」。里許提倡一種概念，那就是故事不該看起來像是被作家寫出來的。**如果你用真人訴說沉重真相的那種熱情和帶瑕疵的語言去說故事，那麼故事就會有更好的權威性**。

所以囉，如果你要從角色的內側進行書寫，就該去「燒燙」語言。為讀者客製化語言。就算是用第三人稱寫作，也要讓語言反映角色的觀點和經驗。

湯姆·史班鮑兒和高登·里許給了這些建議，而我只再加一句：把語言變成你的婊子。為你的角色創造專屬的不純正語言。看看這招在大衛·塞德里的作品集《我的語言夢》當中多麼有效。或看看我自己的小說《侏儒》和短篇小說〈艾利諾〉（Eleanor）。更不用說歐文·威爾許的《猜火車》了。讀者有許多決定句子含義的方式。他們會著眼於脈絡，也會著眼於字句。所以囉，以下會是一個很棒的招數：寫一段又長又優雅的文字，最後斷然停在那個錯字上，顛覆讀者的期待。

有個編輯曾在出版流程的初期告訴我，最成功的文字編輯都是以英文為第二語言。他們會嚴謹地鑽研美國人偶然學會的事。結果是，他們很清楚所有逗點該放在哪個地方，分號該怎麼用，他們受的訓練也不斷要他們排除錯誤的措辭，好維持敘事聲音的自然和道地。

蠢角色比較好玩，因為他們會為了自己的目的去扭曲語言。以英文為第二語言者，和小孩子也都會。當我們閱讀《紫色姐妹花》時，書中的語言會向我們展示敘事者的天真，而且第一個字就做到了。這立刻讓我們準備好去在意、聲援這個角色。

除此之外，不要用抽象單位（英寸、英里、分鐘、天數、分貝、噸、流明），因為一個人描述世界的方式會更精準地描述他自身。當然了，除非你是要描寫一個自閉症很嚴重的科學家。

也別用完美的新聞播報體，因為不該讓故事聽起來假假的，就像作家寫出來的。

最後，避免史班鮑兒和里許所謂的「有樣學樣」，也就是，要避免陳腔濫調。

權威性：迎合你媒介的強項

利：寫書不用花大錢，投注的成本只比時間貴一點。要製作、鋪貨的成本也很便宜，尤其跟電影相比，電影需要莫大的共識才能順利運作。書需要一定程度的智慧才能享受，因此比較不容易落入錯誤的讀者手中，例如小孩。因此書可以處理不適合孩童的題材，相較之下，觀賞門檻較低的影片必須時時自我審查。

書同時也是一種私下享受的產品。在大多數情況下，這代表一個人不斷付出努力閱讀，因此不斷對內容表達贊同。這時拿影片出來相比吧，影片有可能在飛機上同時播映給欣賞與不欣賞它的的觀眾。由於製作成本相對較高，影片必須要能在電視上亮相才能獲利。漫畫和圖像小說大致上可以提供影片般的奇觀，只是沒有音樂。不過觀賞門檻較低就代表它們必須自我審查。

弊：相較於影片，書要投入大量時間和精力才能享受。文章無法像影片那樣呈現奇觀給觀眾。大多數的書都沒能使讀者發自內心投入其中。它們也許能對你的心靈和感情起一些作用，但很少能激發生理性的同情反應。相較於電玩，書無法讓觀眾主動控制事件的展開，但電玩也比較難以探索完整的情感光譜，最終令玩家心碎。

題外話：影片的強項之一，是描寫動作。而**動作永遠自帶權威性**。你想想，有多少「電影」包含的關鍵場景，是用某種舞蹈化解問題？這類作品有《拿破崙炸藥》、《人生冒險記》（吧台上的龍舌蘭舞）、《阿珠與阿花》、《閃舞》、《渾身是勁》、《週末夜狂熱》……相較之下，唉唷，小說中關於舞蹈的連續性描寫，效果顯得很差。

所以你構想寫作時，務必要確認它是否最適合用紙本形式呈現。如果它是影片、漫畫或遊戲可以描寫的，何必寫成書呢？

如果你是我的學生，我會要你寫最古怪、最挑戰讀者、最挑釁的故事。書提供你完全的自由，而你要徹底利用這個優勢。**不運用自由這個優勢，等於是浪費這個媒介的主要力量。**

權威性：如何處理不可能性

如何使讀者相信他經驗之外的事物？

你先從他知道的事情開始寫，然後以小嬰兒的步伐朝他不知道的事物前進。我最喜歡的例子之一，來自奎格．克萊文葛的小說《約翰不是我》。我改述內容如下：他要讀者想像某個星期一早上醒來，內心充滿恐懼。又一個徒勞的週間逼近了，又一個壓垮靈魂的工作日，你得做你過去從未打算要做但此後得做到死的事。你愈來愈老，浪費了生命，失去了夢想。接著你發現今天其實是星期天早晨。寬慰的感覺湧上……喜悅和極樂的洪流充滿了你，安樂感浮遍全身。把這感受乘以十，就是服用維可汀的感覺。

太棒了，克萊文葛。他拿我們所有人都有過的感覺作為橋梁，讓我們理解對我們而言可能未知的體驗。他有效地表達了服用止痛藥帶來的生理效果。

他所運用的，就是我所謂的「文化先例」。**讓讀者從普遍的體驗出發，通過幾個中介的、逐步增強的案例，最終到達一個極端**；如果作者在最一開始就呈給讀者，讀者沒辦法也永遠不會接受的極端。

我喜歡這種形式。〈腸子〉可說是我最成功的短篇小說，在這作品中，我述說了一系列愈來愈有趣也愈來愈令人不安的自慰實驗失敗軼事。第一則令人發笑。第二則令人發笑，但結尾很糟。第三則引來許多笑聲，多到我得停止閱讀，等笑聲變弱，至此，觀眾已經被迷住了，他們已經錯過了回頭的時機。第三則軼事突然來了個大轉折，全速衝向恐怖。如果觀眾知道故事最後會在哪裡結束，他們打從一開始就會離開。

同樣地，我的短篇小說〈蟾蜍王子〉（原本叫〈伊森的花園〉，原因很明顯）帶著讀者通過一個個愈來愈「極限但還算常見」的身體改造案例，每一個都創造出更多恐懼，直到最後我才延伸性地掀底。

將許多軼事串連起來描寫同一個主題，是很好用的結構，它最終會帶領讀者從可信的事物走向不可思議的事物。

你也要想想過去的故事如何創造出一個前例，讓我們可以推導出新視野。我最喜歡的是「烤動物」故事。其中一個範例是馬克・理查德的〈流浪動物〉，另一個是大衛・塞德里寫的〈當你被火焰吞噬〉，寫的是烤老鼠的軼事。某次打書巡迴，有個洛杉磯的出版人開車載我到斯哥爾柏表演藝術中心，在我們通過好萊塢山時指著一棟房子。她告訴我，她有朋友買下那棟房子，但搞不懂為何它會在冷天發出臭味。那房子在一條陡坡上往外突，公寓屋頂彷彿是由落地窗撐起的。她說客廳有個燒瓦斯的壁爐，打開它，藍色火焰就會在一片敞開的白色碎大理石上舞動。

鄰居最後揭曉答案：前任屋主養了一隻貓。那隻貓總是把碎大理石當成貓砂，所以每當壁爐啟動時，就會變成臭死人的沸騰貓屎燒烤。

我在同一次打書巡迴上對西雅圖的出版人說了這個故事，結果她說了一個幾乎完全相同的版本。她有朋友某天晚上很晚才回家，打開壁爐，結果某個東西，某種尖叫的報喪惡魔從壁爐中爆衝出來，點燃了客廳的窗簾。結果那是他們的貓。

它就在這裡了，一個完美成形的神話：烤動物故事的新範例。恐怖又悲傷，但可以接受，因為既存的文化先例讓讀者對它感到熟悉。

如果你是我的學生，我會叫你讀約翰．齊佛的短篇小說〈大收音機〉，然後讀亞歷．威金森發表於《紐約客》雜誌的〈電話男〉，然後要你想像某個孩子看了漫畫後面的廣告，訂購了典型的X光眼鏡。這全知裝置是有前例存在的。這種眼鏡事實上會讓孩子看穿衣物。這聽起來很耳熟的玩意會讓你的讀者買單，只不過呢，那孩子看到的不是性感裸體，而是傷疤和瘀青，是被隱藏起來的悲劇和苦難的證據。他最喜歡的老師在胸口刺了一個納粹卐字。他最好的朋友，學校裡最硬派的男孩，有陰道……

運用讀者已知的事物，最終導向荒誕，導向悲劇，導向深沉。

權威性：推翻讀者預期

語言人類學家雪莉・布萊斯・希斯說，讀者閱讀故事時最重視意外感。

如果你是我的學生，我會要你創造一個清晰的場景。安排場景和具體動作，別加入評斷或劇情大意。只要用最單純的記錄天使手法就好了，彷彿你是一台攝影機。讓讀者去決定事件的意義，讓讀者參與結果，然後——轟，甩出你真正的意圖，給讀者驚喜。

比方說，在《鬥陣俱樂部》第二十章，我們以為泰勒在霸凌雷蒙・K・黑索。隨著劇情展開，讀者以為這是一起強盜案，以為泰勒在奚落、羞辱那個男人，而黑索是受害者。大家愛這場戲是因為他們發現，這原來是泰勒在練習一種強悍的愛的形式。首先，他找出黑索放棄的夢想職業，接著他提醒對方人的壽命有限。最後，他威脅男人：你如果不採取行動去實現夢想，我就回來殺了你。

這場戲是我在公開場合首次朗讀的段落之一，觀眾反應令人欣喜。在電影中，這是大家最愛的場景之一。

好，你要引領並誤導你的讀者，但不要告訴他們任何事情的意義，要等到他們暗自搞錯時再說。〈腸子〉裡的敘事者詳盡地描寫高潮場面（這是一個雙關），描寫那缺乏真實性的毒蛇試圖在泳池淹死他的過程。這段誤導讓讀者比敘事者先一步發現真相。恐怖與笑料混合，與此同時，敘事者仍然持否定態度，直到為時已晚。

如果你是我的學生，我會告訴你，永遠、永遠都要真相先顯現在讀者心中，要早於白紙黑字將它訴說出來。

有次我到英國打書，在行李箱塞了兩千個培根味的芳香除臭劑：方形硬紙板，上頭印了條紋，好讓外形看起來像培根，整片吸滿培根味的精油。上頭有掛環，讓你可以掛在汽車後照鏡上。海關人員打開我的行李箱，看到這些玩意兒，目不轉睛。我沒帶換洗衣物，因為整個行李箱都被塞滿了。兩千人抵達倫敦的朗讀會後，我給他們一人一個芳香劑。他們打開它，把玩它。很快地，整個演講廳都散發出煎培根的氣味。

當晚我朗讀了短篇小說〈煮火鍋〉，描寫年輕的登山客在天然地熱池泡湯的行徑。故事緩慢推進，直到敘事者某天晚上跨出池子，散發出煮肉的氣味。根據歷史教訓，這種行徑的危險之處在於喝醉酒的人可能滑進溫泉池中，等他發現水處於沸騰狀態時已回天乏術了。真實歷史案例令人痛心，我講了好幾個。這時，會堂內已經散發出煎培根的味道了。在他們發覺這氣味在故事中預告什麼之前，他們還開玩笑地拿紙板往手上、臉上搓。

我根本不需要說明真相。他們早就開始擔憂了，而任何後續描述都只會證實他們的想法正確。

那是個美妙的夜晚，倫敦之夜。

好啦，永遠不要向讀者道出意義。如果有必要，就用誤導的。不過你永遠都要確保他們在你道破前就發現真相。信任讀者的智慧和直覺，他們會回報你。

權威性：推翻我的預期

在某次工作坊上，在我的作品被某些雜誌或某十本雜誌退稿，或我收到又一名經紀人寫信說他只代理「討喜」的小說後，湯姆．史班鮑兒走向他的書架，細看書名。他拿下一本書，然後又塞回去。接著又抽出另一本書，又放回去，彷彿在尋找最完美的那一本。最後他從書架上抽出一本書，遞給我。「拿去讀，」他說：「下星期我們來談談它，它可以大大改善你的作品。」

別向我討書名，那就是一本小說。知名（只在最頂級文學圈知名）書商出版的，備受尊敬的書商旗下最知名的書系。背面書衣上擠滿了知名作家對作者和作品的讚譽。

接下來一個星期，我讀了它，然後重讀一次。很簡單，因為書只有一百多頁，但也很艱難，因為那些角色是生活艱苦又被欺騙的公狗型鄉巴佬，在某座燒光的偏遠山丘上勉強度日。他們住在農地上，每天早上都吃同樣的粗玉米粉當早餐。他們沒做什麼特別的事，也沒什麼事發生在他們身上。每次我讀完它都會感到憤怒，我又浪費了更多時間，只得到這麼少的回報。我恨那個作家，恨他浪費我的時間。不過我最主要恨的還是我自己，我太遲鈍了，竟然無法欣賞這藝術之作。它記錄常民的生活，而這常民明明跟我成長過程中的鄰居如出一轍。

隔週四，我把書還給湯姆。

他問：「你喜歡它嗎？」他並沒有從我手中接過書，沒立刻拿走。

「文筆很美。」我說，顧左右而言他——我的意思是書中的拼字似乎完全正確，有人校對校到徹底排除了細節中的魔鬼。

他追問：「那你從中學到了什麼？」他還是不把書接過去。

「我覺得我沒看懂。」我恨它。恨它，而且覺得自己很蠢，因為我笨到無法欣賞紐約市最聰明的人出版的書。我顯然搞砸了，像個笨手笨腳、沒受教育的鄉巴佬，因為我不愛一本描寫笨手笨腳山上鄉巴佬的書。我從來沒想過，那麼多紐約人喜歡它的原因，也許跟瘦皮猴白人喜歡電影《珍愛人生》的道理相同。因為他們看了會覺得自己比較高級。

其他學生到了，開始在湯姆的廚房餐桌旁就座。不過他還沒完。「你看不懂哪個部分？」

為了融入這些聰明人之中，我說謊了。「是這樣的，」我說：「我真的很喜歡他的文字。」如果在文人雅士之中什麼招都失效了，宣稱文字很美就對了，永遠有效。

湯姆伸手接過那本書。工作坊開始了。那天晚上誰朗讀了自己的作品？誰知道啊。最後一篇文章得到最後幾個評語，而湯姆讀了幾頁他正在寫的東西之後，有些學生離開了，剩下的人開了幾瓶紅酒。

那天是週四晚上，我的整個週末被壓縮進這個小時了。我們沐浴在那本書作者的存在感的光輝之下，他是個活生生的證據，證明人可以挑戰這種不可能的任務。我們喝酒，湯姆朗讀。我們為勞勃・阿特曼的電影《銀色・性・男女》爭論，吵它到底有沒有忠於卡佛原著。也許我們還為了《心靈角落》和《超級大玩家》爭論，兩部都是當時賣座大片。最後我爆發了。「我恨它。」我說。

有人發問了，也許是莫妮卡・德雷克，「你恨《銀色・性・男女》？」

不，我恨湯姆借我的書。「看來我是個蠢蛋。」自我瓦解的感覺很好。要受教於更偉大的知識，就得跨出這第一步。

如果你是我的學生，我就會借你同一本書，逼你讀，讓你覺得自己像個白癡，因為你不喜歡它。然後我就會不斷煩你，問你到底喜不喜歡它。

因為接下來事情是這麼展開的，湯姆微笑著說：「我借你那本書不是要讓你享受的。」

他還沒把書插回架上，它仍放在桌上，就在他手肘附近。他看了一眼書封，然後說：「這本書爛透了……」他咧嘴笑，看起來就像開了一個永不過時的玩笑，不管耍過多少學生都歷久彌新的玩笑。他對我說：「我要你知道，一本書糟糕到這種程度還是可以出版。」他把書插回架上的位置，準備好將它交給下一個絕望的寫作者。

權威性：隱藏「我」

如果你是我的學生，我會要你讀彼得・克里斯多福的《死者的營火》（*Campfires of the Dead*）。教會我隱藏「我」的人，正是彼得。

根據理論，第一人稱敘事的故事最有權威性，因為有人會為故事扛起責任。故事的來源呈現在讀者眼前，它不只是一個全知的寫作者之聲。問題在於，主詞「我」會讓讀者退縮，因為它會不斷提醒大家：你們，你們本身，並沒有親自經歷這些情節事件。

如果我們被迫聽某人講一個完全只關於他自己的故事，我們會很不爽。

彼得教我的補救方法是，**運用第一人稱，但要隱藏「我」。永遠要將鏡頭轉向其他地方，描述其他人**。嚴格限制敘事者的參照點，只寫「我」自己。這就是「使徒」小說效果好的原因。《大亨小傳》的敘事者大多數時候都在描述另一個角色，比較有趣的角色。尼克是蓋茨比的使徒，一如《鬥陣俱樂部》的敘事者是泰勒・德頓的使徒。這些敘事者的行動都只是陪襯（想想華生醫生滔滔不絕地談論夏洛克・福爾摩斯的樣子就對了），因為一個英雄型的角色訴說自己的故事會無聊得要命，令人厭惡。

此外，不要透過敘事者的五感去播映世界。不要寫「我聽到鈴聲響起」，寫「鈴聲響了」或「鈴聲開始響了」就好。避免寫「我看到艾倫」，寫「艾倫走出人群。她抬頭挺胸，開始前進，每一步都拉近她和我的距離」。

所以囉，如果我是你的老師，我會要你用第一人稱寫作，但要你排除幾乎所有的「我」，討人厭的「我」。

權威性：一個角色的知識體系

如果你跟我出去喝酒，我會告訴你我是如何丈量金錢。當我開始寫作時，《讀者文摘》報導了《花花女郎》雜誌的稿費，一篇短篇小說給三千美金。該雜誌似乎最適合刊載我當時剛寫好的短篇小說，叫〈負增強〉。與此同時，奧瑞岡州波特蘭市有一棟新大樓落成了，叫寇音大樓（KOIN Tower），是寇音電視台的新家，錄影棚上方還有好幾層豪華公寓。它們的住址是城裡最潮的，每間要三十萬美金。於是我計算了一下。

如果《花花女郎》買下我的小說，而且再買九十九篇，我就買得起一間高級公寓。

我的重點是，人會用非常個人化的方式去丈量事物——金錢也好，力量也好，時間也好，重量也好。一座城市和另一座城市之間的距離不是幾英里，電台播放的許多歌曲才是兩者的距離。兩百磅不是兩百磅，是健身房內沒人碰過的啞鈴重量，它看起來簡直像一個石中劍玩笑，直到有個陌生人走了進來，從架上拿起它，開始做單臂啞鈴划船。

就像凱瑟琳．鄧恩說的：「從來就沒有人可以走進同一個房間。」

我們已經提過這觀念了。當我們討論從角色觀點內側書寫時，已經思考過這個事實：水管工和畫家走進同一個房間，房間在他們眼中的模樣會天差地別。幾年前我接受蘇格蘭記者的電訪，我們的話題跳到小時候喜歡的音樂，他提到有一首霍爾與奧茲的歌在他腦海中揮之不去。那首歌描寫一個女孩從飢餓的男友那裡偷走食物，最後他餓死了。

霍爾與奧茲有這種歌？聽起來不太對勁，因此我請他唱了一段。

他在電話上唱：「每次你離開，你都會帶走一小塊肉[6]……」

另一個是來自現實生活的例子：我有個朋友的女兒初經來了，這對她而言是個創傷，因為月經代表她無憂無慮的童年結束了，更別說它帶來的身體痛苦和煩惱。我朋友——那女孩的媽——說整個週期結束後，她女兒嘆了一口氣，表現出無可奈何和欣慰，然後說：「還好這一年只來一次！」

---

6 肉（meat）與我（me）發音相近。真正的歌詞是「你都會帶走一小塊的我」。

從來就沒有人可以走進同一個房間。——凱瑟琳·鄧恩

這些時刻有趣又令人心碎。糾正某些錯誤是愉快的，但否定這些充滿創意的個人解讀是個悲劇，尤其是從小信到大的那種。

我的重點是，我們的過去會扭曲我們對世界的認知，會使認知染上主觀色彩。如果我什麼也沒說，那個男人的下半輩子還是會聽到「肉」，而不是「我」。你的角色描述世界的方式不需要有什麼事實基礎。事實上，「角色透過錯誤觀看世界」才是更有趣的。

是齊克果嗎？還是海德格？總之某個知識分子指出，人在非常年輕的階段便會決定自身世界的性質，而且他們會打造一個通往成功的行為模式。別人稱讚你是個強壯的小孩，你就會投資你的體魄。或者你會變成聰明的女孩。或者有趣的男孩。或者漂亮的女孩。這到你大約三十歲左右會有效。

學校教育結束後，你發現你選擇的制勝方式是個陷阱，而且是一個回報遞減的陷阱。你是個沒人會認真看待的小丑，或者你是一個看著自己美貌逐漸消逝的選美皇后。你被迫體認到自己的身分認同是個選擇，然後你做出其他選擇。然而你知道，你能投注的下一個熱情不會和小時候一樣多了。你現在特別清楚這只是一個選擇。你也知道，這選擇很有可能會凋零。許多成功的書談的都是某角色利用年輕和美貌獲取良緣，再利用良緣獲取教育，然後靠教育獲得財富。像《浮華世界》、《飄》、《大亨小傳》這樣的書都描寫了往上流階級爬的角色，他們拿自身資產去換取更有價值的資產，不斷抬升社會地位。

有趣的男孩或漂亮的女孩可以做的另一個選擇是否定選擇，繼續遵循他或她已建立的追求成功模式。不過現在他們已經認出陷阱了，有趣的男孩變成一個憤世嫉俗的老兄。他是個聰明、酗酒、遭人奚落的藝術家，或者成為帶給別人痛苦的傢伙。漂亮的女孩變成《白雪公主》中的邪惡皇后，準備毀掉任何可能比她漂亮的人。

我自己大部分的書寫都是抵達極限的角色，單一的、早先建立的力量形式的極限。他們曾經是聽話的好男孩（《鬥陣俱樂部》），或者美貌驚人的女孩（《隱形怪物》），而他們都到了不得不尋找新力量形式的關頭。或者，繼續抱持糟糕的信念，依據逐漸失靈的舊方法生活。

想想傑．蓋茨比，他被黛西拒絕，但已經打算要追著她跑，要展開新的活動來贏得芳心。儘管他得知她不是什麼美好的獎賞，選擇新夢想對他來說仍是個太大的威脅。《第凡內早餐》的荷莉．葛萊特利無法放棄她的策略，那就是永遠不給承諾，因此她注定要在世上遊走，沒有情感寄託。

莎莉．鮑爾斯想要全世界的愛，因此拒絕追求者，後來被納粹德國吞噬。

如果想要這種堅守糟糕信念的最佳例子，就去讀桃樂絲．帕克的短篇小說〈生活的標準〉。

所以說，選擇角色的肢體語言，不只展現了他們的過去和擺在第一位的事物如何影響他們看待所有事情的觀點，也反映了他們小時候選擇何種成功模式。有趣的男孩走進房間裡，尋找可以取笑的細節，留意別人的說話套路，看看有沒有什麼可以有樣學樣引人發笑。漂亮的女孩走進房間會尋找潛在對手，更白皙的皮膚、更好的身材、更亮的牙齒。

如果你是我的學生，我會告訴你《花花女郎》最終退了我的〈負增強〉。我負擔不起豪華高樓層公寓，只養得起一個三百平方英尺、所在區域沒有良好電視訊號或廣播訊號的破爛小屋。這裡牽不了有線電視，網路還要再等幾十年。屋頂會漏水，不過這小屋內沒有任何會讓我分心的事物，我在這裡寫了頭四本書——如果你把《如果你住在這裡，你就已經到家了》這個災難性的嘗試算在內，就是五本。

我會問你：你的角色選擇了哪一種追求成功人生的策略？他或她受了什麼教育，有什麼樣的經驗？把什麼擺在第一位？他們有沒有辦法接納新夢想和新策略？

你給上述問題的回答，將會決定他們在這世上留意的所有細節。

打書巡迴途中寄出的明信片

你有沒有看過我的超級盃廣告？

不，我不是在開玩笑，那是一支銀行電視廣告，在二〇一六年賽期播放，不是全國性的，不像……比方說百威啤酒的廣告。一家廣告代理商代表銀行來向我提案，說他們會製作一支廣告給「區域性」的觀眾看，意思是只有幾百萬雙眼睛會看到，而不是十億，不過概念很簡單。有個演員會站在空無一物的舞台中央，朗讀我的《鬥陣俱樂部》的段落。就是「我們是被電視撫養長大的世代，幻想有一天能成為富翁、影帝或是搖滾明星……」那段，對，布萊德．彼特在電影中的那段演說。簡短而悅耳，接著由旁白念出銀行的廣告標語：「主宰你自己的人生，不然就被主宰。」

企劃書聽起來不錯。好吧，聽起來不錯的部分是錢——他們提出六位數，是我上一份正職年收入的十倍。還有數百萬雙眼睛，那些眼睛感覺起來一定很不賴。唯一對我不利之處是「背棄原則」這點。我並不會把自己的書視為寶貝孩子，但會堅守某些原則。我反過來向對方提案：台詞不該由演員來念，應該要讓我來。在電視上。在超級盃期間。我應該要親自出賣自己。

不是要吹噓，這幾年我可是拒絕了許多提案者。首先是VOLVO，可憐的VOLVO，他們請我寫一系列誘人購車的故事。這是網路廣告「病毒式行銷」時代，而他們希望故事聚焦在瑞典的一個偏僻小村莊，VOLVO在那裡賣了一大堆車。他們向我保證，要怎麼天馬行空都行，但我的印象是寫吸血鬼才會受歡迎。故事的片段都會被埋在網路上，廣告商希望觀眾聯合起來拼湊碎片，發現最終的真相。我記得他們開價幾萬美金。

我說：「不。」事實上，大家永遠都不會只說「不」，而是會禮貌地說出以下這段話：「謝謝你們想到我，這聽起來是個令人振奮的計畫；然而，我工作量已經太大了。未來有任何工作請把我納入考慮……」因為未來的事沒人料得到，這人今年是廣告設計師，明年可能是電影導演。

VOLVO之後輪到BMW來向我提案，要我寫一系列短篇小說，錄成有聲書，以CD規格提供給所有新車買家，作為小禮物。他們開的金額也很誘人，錢總是令人心動。但我告訴他們：「這聽起來是個令人振奮的計畫……」

提醒你一下，我讀過大衛．福斯特．華萊士抨擊法蘭克．康羅伊的文章，針對後者為光鮮亮麗的遊輪寫了宣傳小冊子的文案。康羅伊收到的報酬是讓他的大家庭免費踏上奢華的海上之旅，但隨後他後悔寫了那封情書，讓案主拿去賣各種類似的旅行方案給他的讀者。不過……不過我也要攤開我手上的舊《國家地理雜誌》，找出各種全版廣告：厄尼斯特．海明威為某個蘇格蘭威士忌牌子背書，威廉．福克納甩著某個牌子的雪茄，還有田納西．威廉斯大肆褒揚——一艘遊輪（還能是什麼？）。

你自己去確認，廣告就在那。二十世紀最偉大的作家不會不屑叫賣產品。那我又何必不屑？

我又不是穴居原始人。當安東尼．波登的團隊寫信給我，建議我帶東尼（圈內人都叫他東尼）在奧勒岡州波特蘭市繞繞玩玩時，我答應了。問題是，待在東尼身邊，就像是待在一個勉強浮得起來的小泡泡之中，下方是一片猛烈翻騰、不斷湧向、拍向波登先生四周的海洋。我們經過餐廳時，工作人員會衝出來逮住他，將他拖進去，帶到座位上，把菜單上所有菜都端給他。

如果你看重播，可能會發現我盤旋在某幾個畫面邊緣。如果你看仔細一點，會發現我吃了兩顆六百毫克的維可汀，為了應對壓力，整個人變得像風箏一樣飄飄然。我跌跌撞撞，口齒不清，當我們拜訪巫毒甜甜圈時，他們拿了一個巨屌狀的甜甜圈出來，噴得我滿臉都是黏糊糊的卡士達醬。嗯，我還是不為所動。

為了保護自己，東尼的人馬下一次打電話來問我要不要在他新節目亮相時，我打了退堂鼓。維可汀缺貨，所以我建議他聯絡驚悚小說家雀兒喜．肯恩，她是我的朋友，而且比我了解波特蘭。雀兒喜聰明、風趣又上相，他們用谷歌做了一下功課，決定不要邀她。理由是什麼？她無法打動他們的男性收視族群，十八到三十五歲的老兄。之類的。沒想到是我能吸住那些眼球。他們要的不是我，我**本人**不重要，他們要的是我的讀者。

別以為我沒竭盡全力賣身，沒那回事。某次芝加哥午餐會，我的出版商安排我坐在泰瑞．葛羅斯旁邊，還給我明確指示，要我迷倒她，贏得上她節目的機會。她主持的是全國公共廣播電台的熱門節目。我吃飯期間一直假裝對她的貓感興趣，對，貓，同時用念力求她愛我、採訪我。如今，我猜那場面永遠不會成真了。我只能大嘆一口氣。

也別以為我這一路上沒拿什麼錢，沒那回事。在二〇〇〇或二〇〇一年，雪佛蘭開價五千美金，要我授權他們在公羊皮卡車廣告內提及《鬥陣俱樂部》。我的代理人拿走他的佣金，再扣掉稅後，只剩下一丁點錢，加起來還不到我一九七八年買第一部二手車時掏出的金額。那是一輛雪佛蘭Bobcat（去查查吧）。這似乎是一種因果循環，像是雪佛蘭在回報我。

接著捷豹／荒原路華打電話來了。他們開價五十萬美金，叫我寫一個可以改編成電影的故事，並讓荒原路華在重要關頭清晰明確地亮相。五十萬美金。我回想自己在午餐會上巴著泰瑞・葛羅斯討好的模樣。我還為了錢做過更糟的事。也許我很笨吧，我還是說不。

不到一年後，超級盃打電話來了。

這對我來說是個恭維。齊佛在超級盃上亮過相嗎？這種事，莎士比亞遇過嗎？廣告代理商考慮我的提案整整兩分鐘。接受提案，他們就得付我引用書籍內容的授權費，還得多付一筆演出費。他們眼睛連眨都沒眨就撤回了提案。

所以你們才沒在二〇一六年超級盃賽期看到我的廣告。不是因為我太尊爵不凡，或我的原則太嚴苛。是因為我開口要太多錢，而我吸引不了那麼多眼睛。

不過我還是坐在這裡。我不年輕了，不再年輕了，我的電話開著，以免VOLVO或捷豹或泰瑞・葛羅斯打電話來。拜託了：請和我聊聊妳的貓，再一次吧。

權威性：運用身體感知來創造真實感

你要認清身體有自己的記憶。你的身體能訴說故事。我們都喜歡鑑識科學節目，愛看專家走進犯罪現場「閱讀」線索。在夏洛克．福爾摩斯或瑪波小姐的悉心觀察下，任何無害的細節似乎都具有重要性。同樣地，醫生也可以解讀某顆痣或某次抽搐，做出重要的診斷。

大多數故事都會吸引讀者的理性或感性，使人投入智慧或情感，不過少數故事也會牽動讀者全身。真的會引起身體反應的故事（恐怖、色情）被視為低俗文化。但如果你是我的學生，我會問你：為什麼高級文化的故事不能牽動智性、心靈，**以及身體**呢？

幾年前，有個《美國今日報》記者在洛杉磯的常春藤餐廳採訪我。我們坐在格架和九重葛圍起的露台喝著冰茶。她是政治激進分子兼珍．芳達第二任丈夫湯姆．海登的朋友，她說湯姆希望我吃完午餐後過去聊聊，談無政府主義。他為《鬥陣俱樂部》深深著迷，希望邊和我打槌球邊聊聊書。對，槌球。那記者說服我參加激進政治草地賽事的時候，其中一隻手的手指不斷圈著另一隻細瘦的手腕。她還會捏捏手腕，讓手指顯得像一只緊到不行的手鐲。

對話暫停時，我要她看看自己的舉止。她低頭一看，大吃一驚，彷彿她的手被陌生人操控。她並沒有察覺自己的行為。她解釋，自己少女時代有厭食症。隨著體脂肪逐漸減少，她想到要制定一些小測驗來測量它。體脂肪率百分之二時，她感覺得到自己手腕韌帶之間的空洞。這就是她的手所採取的行動：測量體脂肪。它已經變成一種自動化的行為了，有時候她甚至會逮到自己在做這件事。或者以這情況而言，是我逮到她。

這就是一種「洩底」動作。如果你描寫得夠好，會促使讀者有樣學樣。我們都是天生的模仿者。高中時，我跟另一個叫查克的孩子在電影院工作。我們不是朋友，很少交談，然而他緊張時會有個抽搐的動作。他的嘴角會稍微跳動，往兩邊抽啊抽的。它很少保持靜止。就只有固定的一邊嘴角會往他耳朵抽動。

專家會談論所謂的「神經反射」，或者一個人回應另一個人的表情、能量的傾向。他們說，殭屍之所以恐怖，是因為他們永遠展示著無起伏的情緒作用。他們不反射他人情感，使他們顯得更為敵意、陌生。

總而言之，我和那個查克一起工作不到一個星期，嘴角也開始抽動了。這不是故意的。不是年輕人會刻意挑選他們覺得有吸引力的儀態和特徵來模仿，拼湊出自己的外貌呈現。不，是那個嘴角抽動本身有傳染性。

就是那個，那就是我會叫你在作品中發展的人體特徵。

為了強化故事的身體性元素，去描寫角色用藥或為疾病所苦是有幫助的。描寫性和暴力，或醫療程序。

我們有各種方法可以誇大角色的身體意識，促使讀者產生同理性的身體反應。不管是藥物還是性愛還是疾病，它也都允許你去扭曲正常世界，連普通的場景和事件都會顯得歪斜、險惡。玫瑰、橡樹變成尚・保羅・沙特眼中怪誕又陌生的現實。我的短篇小說〈輸家〉（Loser）描寫一個大學生在參加電視節目競賽時陷入LSD的幻覺，在煎熬的過程中，察覺這個累積大量消費品的競賽毫無理智可言。

E・B・懷特的短篇小說〈爛睡衣的黃昏〉（Dusk in Fierce Pajamas）描寫敘事者結膜炎發作，而高燒在他審視時尚雜誌圖片時漸漸把他逼瘋。

湯姆・史班鮑兒會稱之為「以身體前進」。他的意思是，聚焦在一個角色內部的身體感知，例如「這裡是適合以身體前進的地方……」，你若要展開一個戲劇性的時刻，這會是個可靠的方法。就像作家麥修・史塔德勒（Matthew Stadler）所建議的：「當你不知道接下來要寫什麼時，就描述敘事者的嘴巴。」他是在說笑，但也不是。

如果你處理得好，就會在讀者身上引發類似反應。完成後，你就可以回頭去描寫場景，或切換到大聲音的觀察，或加一個新的壓力源，或任何你覺得可以維持緊張感的東西。以「身體」前進，你就能將讀者的身體，以及他們的心智一同拉進故事之中。你就可以篡奪他所有的現實。

如果你是我的學生，我會叫你觀察別人的無意識行為。聽他們說自己為何會有這種行為，然後把這些故事收集起來。

更多案例，請看下一節。

權威性：「布克兄弟」早餐

我媽過世時，我到處請人推薦精神分析師，最後有人推薦了一個榮格派的給我。我的目標是正面處理我的哀痛。

選擇榮格派，是因為榮格的說故事手法吸引我，就是夢境那些有的沒的、記錄自己做的夢。每個星期四早上，在鬧區的任何商店開門前，我就會在這男人的高樓辦公室和他碰面。他會幫我泡杯咖啡，然後我們聊聊那週任何使我感到挫折之事。我付了他三張五十元美鈔，懷著強烈的恥辱離開，因為我說了太多話，而且沒說任何要緊的事，同時恨他幾乎什麼也沒說。

他的狗很老了，他說。他說他會把剪下來的毛留存起來。網路上的某家公司將會把狗毛紡成線，然後織成一件毛衣給他，那將在狗過世後帶給他慰藉。很迷人的點子，但還是沒讓我付的錢值回票價。諮商在黃水仙開花的時期展開，持續到第一朵鬱金香綻放，大約是從超級盃持續到繳完稅。

精神分析師該做的他都做了，如果那包括盯著窗台上的小鳥看，以及偶爾問我會不會做夢的話。我沒做夢。但沉默感覺像是浪費了一百五十美金，因此我不斷填滿它。一個小時過後，回過神來，我會發現自己在等電梯了，喉嚨很痛，因為我說了一大堆沒重點的話。走向車子的途中經過一家「布克兄弟」，某天早上它在櫥窗掛了一個特價標牌。

對，我是有錢可以浪費在找人閒聊和都會賞鳥，但「布克兄弟」呢？某種隱形力場使我繼續前進，不留步。

那時，我已幾乎把我所知的、跟我爸媽有關的事情都說完了，他們都已經不在世上。也許那就是他的策略：讓我說話，說到情感連結耗盡為止。他偷瞄了一眼時鐘，我知道它立在我身後的書架上。特價標牌仍然占滿「布克兄弟」的櫥窗。某天早上，我走了進去，在清倉貨架上找到一件棕色花呢西裝外套，店員站到我身後，協助我套上它。衣服特價一百五十美金。一個說話有俄羅斯口音的裁縫師揮手要我進去試衣區，請我站到一個矮矮的平台上。

「不是那樣，」他說：「自然地站。」

他的意思是別站得像個軍校生。我原本抬頭，挺胸，縮著小腹。他的意思是：放鬆。他緊噘著嘴唇，夾著一排大頭針，他在我的袖口畫粉筆線，把大頭針插到我雙肩之間多餘的布料上。借用奎格．克萊文葛的話來說，這就像吃了維可汀。我的身體感覺很溫暖。我放鬆下來，進入不輸給荷莉．葛萊特利的出神狀態。我不知道這個俄羅斯裁縫師到底在做什麼，總之他夾緊了肩墊，拍拍西裝正面，看看有沒有哪個釦子需要調整位置。不記得上次這麼有安全感是什麼時候了。我覺得任何壞事都不可能發生，不可能在這地方發生，這裡可是有亮晶晶的木頭鑲板、千鳥格紋、馬德拉斯格紋高爾夫短褲、雪特蘭羊毛衣啊。

題外話：我小時候對於教堂整天都不上鎖這點感到很詫異。有些教堂是這樣的，日日夜夜都敞開著。我們上的教堂叫聖派翠克教堂，在我進入青春期之前它的大門都沒裝鎖。你可以進去裡面獲得安全感，整理思緒。如今只有商店會開這麼長的時間，也難怪購物會成為安撫人心的消遣。二十四小時超市取代了二十四小時教堂。

衣服一個星期內會改好，他說，然後小心翼翼地讓插滿大頭針的西裝外套從我的背上滑開。我去拿衣服時又買了一件長褲，結果它也需要插大頭針、畫粉筆線。裁縫師顯然才剛進門，他解開下巴的扣帶，摘下黑色機車安全帽。我站在平台上，他蹲下來插大頭針、畫粉筆線。我的精神分析師想把諮商時間改到星期三早上，但我說我不行。我的療程，我那不怎麼像樣的療程，已經結束了。我並沒有痊癒，但我自由了。

下個星期四，我又買了一件外套，灰底，上頭有淺藍色格呢。這是對我來說最不合身的一件。整整跑了三趟，一下改大，一下縮小。在那樣的一大早，我會是唯一的客人。裁縫師戴著安全帽進門，有時我會看到他脫下黑色真皮機車騎士外套。他會評估新問題：後方開叉落在錯誤的位置，或者翻領沒有乖乖貼在我的胸口。總是會有問題。如果外套沒問題，合身了……那我就會再買一件不合身的西裝外套。

我的身體理解我的心靈所不理解的，而我想知道那個祕密。這些大頭針，這些裁縫師粉筆散發出的油膩氣味，近乎某種瑜伽動作的完全靜止站立，為什麼能帶給我如此真切、純正的至福？

那時我不在義大利，但幾年後就會在米蘭。我的牙醫賣了一支超音波牙刷給我，說效果跟我拒絕用的牙線一樣好。牙刷每隔三十秒就會嗶一聲，催促我刷口中的下一個地方，兩分鐘後便會自動關閉。帶任何電子產品到歐洲都是折磨，因此我帶了舊牙刷到義大利去。在那裡的第一天早晨，我開始刷牙，刷啊，刷啊刷。嘴巴都冒出紅色泡沫了，我還是繼續刷。牙齦刷破皮，流血了。不過那牙刷還是沒關掉。我取出口中的牙刷，看著它，看著我老派的手動牙刷，它只是一根塑膠棒，其中一頭有刷毛。我對自己說：「這玩意兒肯定是故障了！」

時間拉得再近一點，某次我把指尖放到學生的作品上，沿著邊緣往下滑，心想：**怎麼不會捲動？**

因為這是一張紙！因為我的電動牙刷在家裡！這些是我們賴以維生的自動駕駛式的習慣。還有一次，那是比較黑暗的時期，朋友們一起租了海邊小屋，我們在那裡度過一個週末，喝酒，玩桌遊。玩「益智問答」（Trivial Pursuit）時，有對夫妻搭檔當中的太太大膽拋出錯誤的答案，她丈夫便跳起來說：「去妳的！妳就是這死樣子！」

年輕夫婦撲向彼此，咒罵不斷，滿臉通紅，齜牙咧嘴，翻出過去所有傷痛和錯誤來算舊帳。風暴肆虐著，而其他玩家愣住，退縮，避免和彼此對望。

吼叫聲消退後，我回過神來發現自己站著，湊近那兩張臉。不是為了爭論或參與他們的對罵，而是為了……沐浴在他們的爭執之中。這爭執感覺好像一口壁爐在耶誕季節熊熊燃燒，或者湯瑪斯・金凱德〈光之繪者〉那種破曉花園中的完美茅草屋，一種慰安春宮似的地景。我的身體回應著，渴望著，被某種黑暗鄉愁吸引上前。只剩我的身體記得那鄉愁，其他部分的我都忘記了。

喊叫，咒罵。這並不是我父母之間眾多爭吵之一，但我的身體不知道。

就在那個週末，我知道我得處理那個既恐懼又受吸引的心理矛盾。度假小屋的床不夠，所以我一直睡在某人的車後座。就在那裡，在那個週末，我開始寫《鬥陣俱樂部》。

你看出我在這裡搞什麼花招了嗎？

如果你是我的學生，我會逼你去創造「頓悟」的橋段。你得發掘或編造「恍然大悟」的一刻——「布克兄弟」的裁縫師帶給我的慰藉比我花在榮格派精神分析上的錢換來的安撫還要多——原來是這個啊！我不能只為你們追憶一件意外揭曉之事，所以還把你們引導到其他身體記憶的範例去：牙刷，不能捲動的紙張。

我有沒有告訴你，我媽會幫我們家人縫衣服？我忘了。但就算我的心靈忘了，我的身體還記得。

在我還很小的時候，我媽一直都會幫我和我的三個手足縫衣服。每天傍晚，她會叫在地下室看電視的其中一個小孩上樓，她才能測量修改尺寸、插大頭針。我們每次靜靜站著彷彿都得站上幾百年，讓我們分別錯過些ABC電視台播放的「每週電影」（《殺戮推土機！》（*Killdozer!*），克林特．沃克主演）片段，或《麥美倫探長》、彼得．福克主演的《神探可倫坡》、大衛．索爾主演的《警網雙雄》，或者《彩色世界》（*The Wonderful World of Disney*）。

在嘴唇緊咬一把大頭針的情況下，她會扯開針墊嘴的其中一角說：「別動！」

我的皮膚認出了裁縫師那快又鈍的粉筆畫記，尖銳大頭針帶來的危險感。這個騎機車、一身黑色真皮勁裝的俄羅斯裁縫師並不是我的母親，但我的身體並不知道差別。

到了這時候，我的衣櫃裡已塞滿衣服。我有一件奶油色的西裝外套，上頭布滿粉紅色和藍色細條紋，能夠完美搭配我那十幾件粉紅色或藍色的「布克兄弟」禮服襯衫。在塔維斯．史麥利的節目上看起來挺好的。我還有幾件泡泡紗運動大衣。有件雜色格紋衣，我穿到卡內基音樂廳的台上。波特蘭的男人不會刻意打扮自己，所以大多數大衣和褲子都跟著我去打書，在德國或西班牙的電視上首度亮相。

我的「布克兄弟」細條紋睡衣看起來很像漫畫《白朗黛》中白大梧穿的那種，有整整兩年，我穿著它和作家夥伴雀兒喜．肯恩、莫妮卡．德雷克、莉迪亞．約克娜薇琪一起打書巡迴，一起舉辦「大人床邊故事」活動。活動結束後，在休士頓的麗思卡爾頓酒店和巴爾的摩的四季酒店，我們會一起前往附近旅館酒吧，我穿著俗麗的睡衣，女性們則穿著薄薄的晨衣，上頭還有朦朧的白鷺羽毛做妝點。我們的胸口別著巨大的水鑽胸針，是我在威奇托的骨董商店找到的。經營店家的是兩個九十歲的變裝皇后，她們已經老到做不了變裝相關生意了。

莉迪亞、莫妮卡、雀兒喜戴上退休變裝皇后的項鍊，它展開後就跟孔雀尾巴一樣寬。在芝加哥的半島酒店，一對老夫婦別著鑽石領扣、穿晚禮服，一副剛看完歌劇的模樣。他們為我們止步，瞪著我們看。男人大聲宣告，給我們聽，也給整間酒吧的人品味：「這種打扮**不適合**半島酒店！」

如果你是我的學生，我會告訴你，湯姆·史班鮑兒通常會在第一堂寫作課指定學生寫什麼。他會對他們說：「寫你幾乎想不起來的事物。」他們會從氣味開始著手。一個味道。一個實際的物理性細節會牽出另一個細節，然後又會有下一個。**彷彿身體是比心靈更有效的記錄裝置**。

我再說一次：身體是比心靈更有效的記錄裝置。

當我辨識出更衣間的魔法後，它的威力似乎就沒那麼強大了。裁縫師變回一個肩膀上披著布尺的老兄。從這時候開始，事情由我的心靈接管了。我總是避免買衣服，而且就算我負擔得起「布克兄弟」和「巴尼斯」的衣服，我還是照樣不買。原因在於，穿上任何我媽縫不出來的衣服，感覺都像一種污辱。她會在三更半夜粗縫、做褶邊，然後叫小孩上樓試試束腰帶。儘管她那麼努力——某天晚上她心臟病發昏倒，我爸發現她在燙衣板和縫紉機之間躺成一個大字——我們的衣服看起來仍然像自家做的。布料特價出售，是因為它俗豔。鈕扣是從婚禮禮服之類的玩意兒上回收來的。不過穿上比那更好的任何衣服都有可能傷她的心。

因此，我的衣服都是從慈善二手商店來的，獲得成功後也一樣。
我的語言也是。商店買來的衣服和生澀的詞彙令人覺得做作又愛現，所以我們，我的手足和我，只會在二手商店買我們看得上眼的衣服，我們只談論天氣。

發現這個自動駕駛式的傾向後，我獲得了解放。我媽已經死了，我可以穿好一點。我的想法可以長大一點，因為我的語彙可以長大了。

好啦，如果你是我的學生，我會叫你寫作時傾聽自己的身體。記錄你的手如何憑藉杯子的重量掌握裡頭剩下多少咖啡，**不只透過讀者的眼睛和心靈去說故事，也要透過他們的皮膚、鼻子、內臟、腳底去說。**

權威性：堅守你的原型

雀兒喜．肯恩和我都有長程打書巡迴專用的大行李箱。我的狗一看到我從儲藏庫拿出我的行李箱就會開始哭。雀爾喜打開行李箱、放在床上開始收行李時，她的狗會爬進去，睡在摺好的衣服上。

這給了我一個寫故事的靈感。許多家庭的爸媽都被迫要出公差到遠方去……那麼，如果寫一個家貓爬進行李箱的故事呢？準備出國的旅人搭上一架飛機，連夜飛到歐洲，降落後收到伴侶的簡訊或留言，得知家裡的貓失蹤了。恐懼逐漸加深。他抵達旅館後一直不敢下定決心打開行李箱。他心愛的貓很可能就在裡頭。他不想知道牠活著還是死了。

這故事讓我很有共鳴，因為它展現了薛丁格的貓這個哲學悖論。去查一下「薛丁格的貓」吧。

貓的故事可以獨立作為一則完整的故事——結局是男人在上鎖的行李箱旁啜泣。或者，將一隻耳朵貼在行李箱側面。或者，可憐兮兮地撫摸行李箱側面。或者，仁慈一點，讓他找到那隻死貓，打電話跟妻子說貓不在這，因此牠一定還在家中。或者……

或者那隻貓不是貓。那小寶貝太愛父親了，愛到爬進行李箱內。男人很健忘，而且在飛往歐洲途中與家裡斷絕聯絡。到達倫敦後，警察要求要看他的行李箱。或者他收到妻子發狂似的語音訊息——他們的孩子不見了。

無論行李箱中的是貓或小孩，無論是死是活，故事都是在描寫「薛丁格的貓」悖論。那就是原型，也是讀者能即刻投入於故事中的原因。

我要教你的是：**如果能辨識出你的故事描寫的原型，你就能更有效地滿足讀者無意識的預期。**

在短篇小說〈鳳凰〉當中，我創造了一個情境：母親要求父親傷害他們的孩子，證明他是愛她的。她離家出公差，而她女兒拒絕和她講電話。她擔心那孩子其實已經死了，於是要求丈夫傷害女孩，因為痛苦的叫聲可以證明她還活著。聽起來荒唐又可怕，但還是說得通，因為它是在重述《創世記》中以撒和亞伯拉罕的故事。

不過我寫的不是神要求亞伯拉罕用刀刺傷以撒，以證明他對祂的愛，而是心煩意亂的母親逼孩子的爸用針刺他們的小孩。

這有點像利用文化前例，協助讀者從已知領域前進到未知領域，但就某個角度來看，原型更深奧。

如果你能辨識出你的故事蘊含著什麼傳奇核心，你就能圓滿地實行傳奇預設的結局。

權威性：出些錯

贏得讀者信任的方法有很多，其中之一是出一些錯。

在我看來，權威性有兩種形式。第一種我稱為「才智權威性」，也就是寫作者展現高於讀者的智慧或知識。可以是很基本、很樸實的才智，例如《憤怒的葡萄》中，角色在重組引擎時用細銅線來壓緊活塞環。或者比較不體面的才智，例如我的《窒息》當中，母親會掉包不同箱子裡的染髮劑，因為它們的外表幾乎長得一樣；她知道這麼做，客人就會染出意料之外的髮色。才智權威性以知識為基礎，會被惡用，也可能不會。

第二種權威性是「心靈權威性」。當角色吐露內心真實感受，或採取某種大大暴露自身脆弱的行動時，就會建立這種權威性。儘管承受著巨大的痛苦，角色還是展現出情感方面的智慧，以及勇氣。這通常會涉及殺害動物，例如我的《咆哮》就描寫一個角色不得不殺死自己的巴哥犬，因為牠的狂犬病徹底發作了。威利．弗勞汀的《賽馬皮特》中，敘事者不得不殺死一隻年老、殘廢的賽馬。丹尼斯．約翰遜的短篇小說〈骯髒的婚禮〉的敘事者在等待女友墮胎，一名護士靠過來說他的女友米雪兒沒事。敘事者問：「她死了嗎？」

大受震驚的護士說：「並沒有。」

敘事者回答：「我有點希望她死掉。」

讀者受到震驚，但作者的「心靈權威性」在這裡創造出來了。我們知道作者不怕訴說可怕的事實。寫作者也許不比我們聰明，但他比我們勇敢，比我們誠實。這就是「心靈權威性」。

我的短篇小說〈羅曼史〉（Romance）當中也發生了類似狀況。敘事者女友的行為愈來愈古怪，逼得敘事者拒絕接受事實，而且是到了拋棄朋友、家人的地步。「……那一切過後，來參加我們婚禮的人遠遠不及你猜得到的數量。」

情感權威性也會在以下情況產生：角色採取可怕的行動，但出於高貴的理由。像是《黑巷少女》（*The Little Gril Who Lives Down the Lane*）中的主角萊恩殺害了意圖性騷擾她的人。或者史蒂芬・金《桃樂絲的祕密》中的同名角色，她試圖殺死痛苦的、有自殺傾向的老闆。

角色的失誤或惡行會讓讀者覺得自己更聰明一點。讀者會變成角色的照顧者或家長，會希望他們存活下來、獲得成功。

另一個創造心靈權威性的方法，是描繪一個角色以第三人稱觀點談論自己。想想《鬥陣俱樂部》中，瑪拉・辛格意圖自殺而醫療人員到場準備救她的場景。她逃離現場的同時，叫原本要來救她的人們少煩她，還自稱是無可救藥、有傳染病的人類廢渣。在舞台劇《夏日癡魂》中，凱瑟琳・荷莉說：「去年冬天開始，我突然開始用第三人稱寫日記了……」在這兩個範例中，切換到第三人稱都代表了自我厭惡或疏離，或兩者皆有。

所以囉，如果你是我的學生，我會叫你描寫一個不完美的角色犯下過錯，藉此建立情感面的權威性。

打書巡迴途中寄出的明信片

那些手是因為刺青才冒出來的。讀者身上的刺青。我第一次打書巡迴時，有讀者要我簽名在他們的手或腳上，我就簽了。一年後，我們再次見面。另一本書，另一次巡迴，而他們讓我看皮膚上的簽名，已經變成永久性的了。

我的解決之道？訂購一大批貨。手臂、腿、手掌、腳。裝滿一個瓦楞紙箱，從中國的奴隸工廠送出。最後用貨櫃運到。一筐又一筐，一誆又一誆；但願你原諒我的雙關語。這些假斷臂做得很逼真，上頭有凝膠狀的血，泛黃的一小截殘餘斷骨，就在你預期的位置上。皮膚有黃疸。我開著豐田Tacoma皮卡車去郵局載它們回家，路途有點遠，得走不斷拐彎的十四號公路穿過森林，一條二線道。在那一次，在我的首趟載貨中，我沒想到要把堆起來的箱子綁好。離我家車道剩兩英里時，一個箱子從我的後照鏡裡消失了。我在可停車的地方停下來，回頭看爆開的瓦楞紙箱。血淋淋的殘肢散落在公路上，車子和卡車一路倒退到地平線。沒人按喇叭，我四處奔走，把染血的斷手斷腳甩到路肩的模樣讓他們嚇傻了。

有輛運木卡車司機從駕駛座車窗低頭對我說話，他是我清完路障後最後一個緩慢從我眼前駛過的人，「你的第一箱掉在三英里外。」

大多數我都找回來。顯然有幾根被我甩太遠了，粉紅手指和腳趾仍藏在蕨類植物之間，等待登山客發現。

我不是故意的，不過這件事最好別開玩笑，那片森林可是綠河殺手和森林公園殺手藏屍的地方。

把那堆殘肢帶回家後，我坐在門廊上，在大太陽下用「超能標」麥克筆簽名在上頭。你不會想在室內聞那些味道無數個小時，殘肢的臭橡膠味和油墨味都免談。

接著，它們會前往UPS服務中心，然後被寄送到我下一次打書巡迴將造訪的每一家書店。

於是，在每一場活動結尾時，我都會叫一個書店工作人員上台接受喝采。喝采結束後，總是用一樣的台詞收尾：「既然你們伸出這麼多援手，我們想回報各位一下……」

接著數百人會同時倒抽一口氣，看著我們倒出一箱箱簽了名的手和腳，丟給跳起來接的讀者們，彷彿那是一塊塊紅肉。

想要我的名字簽在手上或腳上的人啊，這就是我的回應。別再用刺的了。在安娜堡，有個男人倏地拉起褲腳，讓我看我的簽名。他用一把X-Acto刀把它刺在上頭了。不過他人很好，不是想像中那種狂熱型人物。

每次巡迴都是一架順暢運作的機器。每次巡迴都有一艘新的貨櫃從中國出航。在每一座城市：「既然你們伸出這麼多援手……」

直到有一年在邁阿密，有一場打書活動在水邊舞台上舉行，那地方屬於握握腳（Shake-A-Leg）基金會。我事前並不知道。我怎麼會知道？等到我把數百隻斷腳丟給觀眾，然後被介紹給基金會創辦人時，我才知情。創辦人原來是個帥哥，叫哈利．霍根，車禍後下半身癱瘓。他創辦握握腳是為了幫助其他處境類似的人。除了道歉，我還能怎樣？

我不是故意要冒犯人。也沒人感到被冒犯。

避免了一場災難。我平日做了很多道歉練習。

那是我在密西西比河以東的地區唯一一次出包。西邊，又是另一回事了。西岸的巡迴剛好被排在另一個作家活動的隔天，他叫艾倫．洛斯頓。儘管我在包裹上貼了「帕拉尼克打書活動前勿開」的標示，大多數店家都好奇心旺盛，提早拆了包裹。這一疊疊箱子多麼神祕、味道多麼怪啊。他們發現那些斷臂，然後心想：**這真是我們見過最討厭的宣傳活動**。

這些書店人員之後還是沒看標示，在艾倫到場後跑去跟他說：「您的斷臂平安抵達了。」艾倫，洛斯頓——《在岩石與險境間》的作者，這本書被改編成詹姆斯．法蘭科主演的電影《127小時》。對，就是那個**艾倫．洛斯頓**。登山時被迫切斷自己的手臂的那位。他當時不得不彬彬有禮地對書店工作人員說，你們應該要看一下箱子的標示，那些手是明晚現身的恰克．帕拉尼克要用的。

我沒鬼扯，因為許多書店人員都做了同樣的推斷。然後這些工作人員不知怎麼地，都認定我知道我的宣傳活動會在艾倫的隔天，認為我想惡作劇想瘋了，是那病態的幽默感作祟，用如此有條理的方法來騷擾另一位作家。

說真的，我用這招已經有好幾年了。單純只是試圖幽默地勸阻那些想要刺青的人。我真的不是一個不得體的傢伙，不過我也許應該把事情想得更清楚一點。

三、緊張感

現實生活中，作家都很不擅長應對緊張感。我們會避免衝突，喜歡在處理事情時**保持一點距離**，所以才成了作家。不過寫作還是給了我們淺嘗的管道。我們創造張力，我們處理它，我們解決它。身為作家，我們有機會霸凌別人。如果有誰得了癌症，是我們害的。我們的工作是挑戰、面對讀者，但我們如果討厭緊張感，討厭到創造不出懸疑和衝突的地步，那就無法完成工作了。

如同艾拉．萊文所觀察的：「成就好小說的，是好問題，而不是聰明的解答。」這代表你要能夠容忍不完全的作品，不論是那未完成的初稿，還是角色面對的事件。湯姆．史班鮑兒過去總會這樣談論未完稿：「你跟未完的作品處得愈久，作品愈會收得漂亮。」折磨角色聽起來沒什麼，但對許多作家來說並不容易。過去曾受虐待或缺乏安全感的作家，也許永遠無法完成這種故事。我看過許多角色邊喝舒緩茶邊摸貓，並看著窗外的雨。也看過同樣多的角色像打網球般一來一往地拋出妙語，但成品就只是在耍小聰明，無法到達更高的境界。創造、維持、增強混沌，同時相信自己有辦法解決它——是需要一些練習才能辦到的。

想想傳統的歌舞雜劇是如何讓脫衣舞者和喜劇演員輪番上陣的吧。性會製造出緊張感，笑聲則會截斷它。這種節目使觀眾保持開懷的方法便是：先挑逗他們，再讓他們發笑，以消耗他們的力氣。同樣地，性感寫真雜誌混合裸照和淫穢漫畫的公式也是眾所皆知的。還是一

成就好小說的，是好問題，而不是聰明的解答。——艾拉・萊文

樣，一個元素建立緊張感，另一個元素削減它。

如果你是我的學生，我會說，我明白緊張感會令你不自在。不過寫小說時，你可以體驗逐漸高升的衝突，且在你控制之下。寫小說有助於你面對真實人生中的緊張感和衝突。

緊張感：故事中的垂直線VS水平線

有一次，史奇普海鮮餐廳的電視廣告幫助我突破了困境。湯姆．史班鮑兒在工作坊講課時，老是會觸及故事中的水平線和垂直線。水平線指的是一連串情節點（plot point）：渥浩斯夫婦搬進新公寓，蘿絲瑪麗遇見新鄰居，新鄰居某晚從窗戶往外跳……等等。垂直線指的是故事進行過程中增加的情感、物理、心理面的緊張感。**隨著情節展開，張力也應該要上升**。如果扣除掉垂直線，一個故事就會衰退成一連串的「然後、然後、然後」。

極簡主義者有效創造垂直線的方法之一，就是削減故事中的元素。導入一項新元素（例如角色或場景），就得使用描述性的語言。被動性的語言。那麼，極簡主義寫作者只要導入有限的元素，且及早下手，他就擁有激烈推進情節的自由。而數量有限的元素——那些角色、物件、場景，會在反覆使用的過程中累積出意義和重要性。

湯姆曾拿一樣東西來類比，這也是他的老師高登．里許教他的。湯姆會把故事的主題稱之為「馬」，會問學生：「這故事的馬是什麼？」在他的類比中，如果你搭一輛大篷車從威斯康辛移居到加州，那麼你抵達史塔克頓時的馬和從麥迪遜出發時的馬會是同一組。另一個比喻是交響樂：無論樂譜變得多麼繁複，原本的主旋律還是要呈現出來。

你們可以說我學習遲緩，我真的搞不懂。直到某天晚上工作坊結束後回家打開電視，我才想通。一則廣告播出史奇普海鮮餐廳的外觀，接著畫面跳到一群人邊微笑邊吃魚，印著史奇普商標的汽水杯顯眼地擺在他們桌上。這些微笑又纖瘦的人用印著史奇普商標的餐巾擦他們美麗的臉蛋。畫面跳到一個微笑的員工穿著印有史奇普商標的帽子和圍裙……更多史奇普的包裝……冒熱氣的炸魚……所有東西都是史奇普、史奇普、史奇普。

這則廣告永遠不會跳出……比方說紅色玫瑰或馬在沙灘上奔跑的畫面。同樣的訊息以他們所能想到的許多不同形式反覆播送著。

我懂了。這就是極簡主義。那則廣告的水平線敘述一家人到某處吃飯的情景，垂直線帶著你一再逼近他們的歡樂和食物，迅速地抓住你的情感和胃口。

所以囉，如果你是我的學生，我會叫你限縮寫作元素，確保每個元素都代表一匹馬，你的故事要談的馬。找一百種方法來說同樣的事情。

比方說，我的《窒息》中，主題是「本質和外表不同的事物」，包括用鳥鳴報時的鐘、加密的機上廣播、假裝窒息的男人、歷史主題樂園、假醫師「佩姬」。

我會叫你看電視廣告，看他們如何使用一個策略：從來不拍胖子在達美樂或漢堡王吃飯的模樣給你看。看他們如何在短短三十秒內衝出一條垂直線。

緊張感：鐘 VS 槍

如果你說故事容易拖拖拉拉、失去動能、熄火拋錨，我會問你：「你的鐘呢？」還有：「你的槍呢？」

在德國打書巡迴時，要在柏林招攬大批群眾總是令人捏把冷汗。大會堂有可能在活動開始五分鐘前都還是空空如也，接著呢——轟，所有人都在最後一刻到場。洛杉磯的狀況也相同。柏林的活動主辦者總是會聳聳肩說：「柏林依據好幾個時鐘運作。」意思是，大家有許多選擇可挑，不到最後一刻不會挑出他們要的那一個。

在小說的領域，我所說的**鐘是任何限制故事長度、逼它在指定時間結束的事物**。在許多故事中，孕期就是鐘。我們知道《失嬰記》、《憤怒的葡萄》、《心火》中的鐘大約會運作九個月。寶寶出生後就差不多該收尾了。這安排自然又有機，而且角色懷孕的脆弱、未出世的寶寶可能遭受的傷害，都為故事添增緊張感。檯面上有許多賭注。

不過這個鐘可以有許多形式。如果我沒記錯，《育嬰奇譚》的鐘是組裝恐龍化石的時間。我的小說《倖存者》則是最終將會耗盡燃料並墜毀的噴射客機，時間刻度是陸續燒毀的四架引擎。它們標出第一幕、第二幕、第三幕的結尾，以及書的結尾。逐漸遞減的頁碼會透露這本書何時結束，這點讓我的朋友很反感。由於我改變不了書的這個面向，乾脆選擇凸顯它。我反過來印頁碼，將它變成另一種時鐘，誇大歷時感，以增加故事的緊張感。

並不是所有的時鐘都發揮倒數計時功能，某些只會標記出變化。舉郝思嘉的腰為例吧。故事剛開始，她的腰圍是十七吋，六郡之內最纖細的。隨著時間經過，她的腰圍愈來愈粗，成為一種丈量時間的工具。

時鐘可以從一本書的開頭運作到結尾，或者只在一個場景中運作。記得我的小說《嗅》以及那個緩慢洩氣的性愛娃娃嗎？那就是一個鐘，某種裝著空氣的沙漏。娃娃一旦變成扁平的粉紅色鬼魂……時間就結束了。

在電影《火線追緝令》當中，時鐘就是七天的時間。在電影《恐怖斷魂屋》中，時鐘就是五天的時間。時間、期限會向觀眾保證故事不會拖泥帶水，因而提高緊張感。

題外話：比利．艾鐸曾在受訪時論及龐克樂為何聽起來都一個樣。典型的龐克樂曲一開始就火力全開，持續兩分半鐘，然後戛然而止。我聽到他這麼說時，才發覺龐克美學對我的寫作有多麼深遠的影響。這就是為什麼我最好的故事都以猛烈晃動開場，頁數鮮少超過十頁，結尾都是墜下懸崖。我在許多方面都內化了龐克時鐘，這形式嚴苛得像俳句。

在所有寫到鐵達尼號的故事中，整趟旅程就是時鐘。為了讓所有觀眾席的人搞清楚這點，有些故事會在開頭放一個「預示」，例如一段大意或導讀。比方說，在電影《鐵達尼號》中，海洋學家展示了船隻沉沒的電腦模擬影片，一五一十地描述接下來將會發生什麼事。這精鍊出情節的水平線，於是觀眾不會試圖去分析無可避免的事件，為此分心。同樣地，電影《大國民》讓我們在一開始就透過新聞影片掌握全片大綱。它告訴我們要在片中預期什麼，以及事件會有多長。如此一來，觀眾就不會為接下來將發生的事情分心。負責分析的心智可以放鬆下來，觀眾便能從情感面向投入作品。

電影《七夜怪談》告訴我們：「你將在七天內死去。」神祕錄影帶也給了一個預示性的大意，讓我們知道發現錄影帶的整個過程大概是怎樣。隨著主角在那七天內前進，我們也會興奮地辨識出電影事先要我們留意的視覺標示。同樣的「大意」伎倆在山姆．雷米的電影《屍變》、《地獄魔咒》中都很有效。如今，像《驚聲尖叫》和《詭屋》這種後設恐怖片也會使用前人恐怖片的修辭作為時鐘。

這種類型的預示介紹在小說當中比較少見，因為它很模糊，而且會使事件變得瑣碎。用得好，對讀者會有很好的挑逗效果，可用注定來臨的事物吊人胃口。湯姆．史班鮑兒的《愛上月亮的男人》是很好的例子，故事開頭有個男孩在從事晨間農務，作者同時簡短引用其他地方的文字來交代接下來的情節大意。另一個例子是我的書《咆哮》，開頭有個角色荒謬地解釋什麼樣的人有資格購買打折的喪親票價機票，也交代了整個故事的大意。

一個好的時鐘會限制時間，提高故事的緊張感。它還會告訴讀者該預期什麼，因而解放我們的心智，讓我們可以沉浸在故事的情感面中。

槍就是另一回事了。時鐘會在一段時間內運行，槍卻可以在任何時刻亮出來，將故事帶到高潮。我們稱之為槍是因為契訶夫給過一個指令：如果第一幕有個角色在抽屜裡放了一把槍，那在最後一幕，他或她必定要取出它。

經典的例子是小說版《鬼店》中那個有問題的壁爐，讀者早早就被告知它會爆炸。故事也許會艱難地推進到春天，但是是因為……壁爐會爆炸。

《鬥陣俱樂部》和《窒息》中的槍是那些為了在互助會中博得同情的謊言。疾病支援團體，或那些自稱哈姆立克急救法施行者的人。當我想要故事崩塌時，只需要揭開主角的騙子身分，讓他的社群拯救或毀滅他就行了。

鐘是顯見的、持續會浮上心頭的，相對地，槍是你會早早介紹然後藏匿起來、希望讀者遺忘的東西。亮出槍時，你會希望它同時具有意外性，以及不可避免的感覺。就像死亡，或者性愛最後的高潮。

還有一把完美的美國製的槍……《第凡內早餐》的槍是沙力·番茄，獄中的黑幫分子。我們很早就見到他，也很快就把他給忘了。故事一頁又一頁推進，都沒有提到他。最後故事被推向混亂，女主角遭到逮捕，警方指控她協助那個組織犯罪的中心人物。這篇故事還納入兩個不可或缺的死亡作為程度較次要的槍。首先是葛萊特利的哥哥佛瑞德，死於吉普車車禍。第二，逃跑的馬在中央公園釀成意外，導致她未出生的孩子流產。

請把第二幕的犧牲也視為一種槍。次要角色無可避免的死亡是一種信號，使喜劇切換為戲劇。《鬥陣俱樂部》中的鮑伯就是一個例子。酒店中的墮胎橋段或者《失嬰記》中主角最要好的朋友赫斯之死，也是一個例子。

《射馬記》中的鐘是不斷減少的跳舞比賽參賽者人數。槍是列·畢頓心臟病發——它導致蘇珊娜·約克精神崩潰，故事迅速陷入混亂之中。順帶一提，畢頓飾演經典的好男孩角色，職業軍人，身上仍穿著海軍制服，而他的死或多或少是自找的，某種意義上的自殺。而珍·芳達是必須被處決的反叛分子。跟《飛越杜鵑窩》的狀況相同，故事的見證者就是行刑者，他會提前觸及未來的事件，講述方法都很不尋常，要到故事結尾，它們的意義才會出現。

不過先等等，別讓我在此超前自己的進度。我們之後就會討論好男孩、反叛者、見證者這些概念。

在這當下，如果你來找我，說你的小說快寫到八百頁了，還沒有寫完的跡象，我會問你：「你的時鐘是什麼？」我會問你：「你有沒有在裡面藏一把槍？」

我會叫你殺死你的列．畢頓，或鮑伯，將你的小說世界推向一個棘手、嘈雜、混沌的高潮。

緊張感：使用非傳統連接詞

想想一個激動的小孩是怎麼講故事的。句子就像瀑布一樣傾瀉，接連不斷，沒什麼清晰的間斷。多麼強大的動能！幾乎像是音樂，極像音樂，像一首歌。

你可以使用非傳統連接詞來連接不斷延伸的句子，藉此模仿那種孩童式的狂熱。當然，你可以不斷使用「然後」，就像我在〈羅曼史〉中的做法。但等著被發明的偽連接詞可是有無限多。

在我的短篇小說〈人生的事實〉（The Facts of Life）中，選擇用兩個英文字所構成的詞，如「就算（even if）」、「就連那時（even when）」、「就算如此（even so）」、「就算那樣（even then）」來模仿八〇年代新浪潮音樂的鼓機樂音，更具體地說，是迷幻皮革的曲子〈心碎節拍〉（Heartbreak Beat）。句子像骨牌般不斷往前倒的同時，還是有「就算**怎樣怎樣**」這個固定的拍子來維持節奏。

同樣地，在短篇小說〈四散的爸〉（Dad All Over）中，我會插入「爸」這個字來中斷句子。我硬將這個字變成某種類似「砰」或「轟」的狀聲詞。這個字變成歌曲中的鼓擊，後來出現頻率愈來愈高，模擬歌曲加速，同時也暗示（我希望有這個效果）那孩子將會不斷呼喚缺席的家長。

每個故事都是一個實驗。

在短篇小說〈來看看會怎樣〉當中，我創造出動能不斷增加且綿延不斷的句子，靠「現在」、「接下來」、「總是」來連結動詞驅動的子句。讀起來很累人，因此我會審慎安排，讓這些不斷綿延的段落和比較傳統的場景交替出現。

寫短篇小說〈輸家〉時，我想試試那些說到一半就自相矛盾的句子。比方說：「那箱子看起來紅紅的，只不過它是藍的。」或者：「莎莉的手伸向一根棍子，只不過那是一條死蛇。」透過不斷使用「但是」、「只是」、「只不過」這些字，我得以創造出一種節奏感，以及一種荒謬的效果——不斷在同一個句子中陳述又加以反駁，自相矛盾。

所以囉，如果你是我的學生，我會慫恿你剪接你的敘事，就像剪接師剪電影那樣。可以使用不斷重複的副歌來達到這點：「鬥陣俱樂部的第一條規則是——你不談論鬥陣俱樂部。」或者：「抱歉，媽咪，抱歉，上帝。」如此一來，你就能用某種試金石提點讀者：我們差不多要跳到不一樣的東西去了。

或者，你可以讓動作不斷奔騰，使用固定的非典型的連結詞來增強動能。

如果你是我的學生，我會叫你聽小孩說話。聽那些怕人家打斷他的人說話，他們已發展出持續霸占聽眾注意力的伎倆。當然了，他們講的事情可能很無聊，但你可以從中學習一些招數，靠它將你的故事一再、一再、一再地往前滾。

緊張感：回收你的物件

如果你是我的學生，我會叫你回收你的物件。意思是，你在故事中要導入並藏起同一件東西。每當它重新出現，就會產生新的、更強烈的意義。每次重現都會顯示出角色的進化。

也許舉實例最能解釋我的說法：

想想諾拉．艾芙倫的小說《心火》中的鑽戒吧。我們第一次看到它時，敘事者在搭紐約地鐵，準備去接受團體治療。有個陌生人對她眨眼。她擔心對方是搶匪，於是轉了一下戒指，讓它看起來只像是普通的金色戒環。她將它從手指上摘下來，放到胸罩內。團體治療時，她發現那個陌生人跟來了。他揮舞槍枝，洗劫了所有接受團體治療的成員，最後將槍指向她的胸口，要她交出戒指。警方製作筆錄，之後戒指被遺忘了。

戒指在倒敘中再次出現。她產下第一個孩子時，她丈夫將戒指送給她。在艱難的生產過程中，他們的新生兒差點喪命，而如今他們是一家人了，戒指象徵他們的愛走到最偉大的一刻。戒指在此獲得最完整的描述，作者把它寫成巨大的雪花，帶著不可思議的光彩，價值連城。

等到小說更後面，等到我們經歷無數事件，已忘了戒指的時候，警方打電話說他們抓到賊了，戒指找回來了。敘事者領回它，發現上頭有顆鑽石不見了——她認定這是一個預兆。她把戒指帶到珠寶商那裡去，就是當初賣戒指給她丈夫的人，而他讚嘆它的美。他當場放話，隨時可以開個好價錢把戒指買回去。衝動之下，她以一萬五千美元賣給他。那正是她需要的數目，有這筆錢，她就能擺脫失敗的婚姻。又來了，戒指出現，消失，出現，消失，出現，消失，每次都在故事情節中發揮新的功能。

這就是我所謂的「在故事中回收物件」。**讀者辨識出原本看似已遺失的物件，會非常振奮**。由於物件不是角色，不會有情緒反應，讀者便被迫去表述任何相關的情感。

另一個例子是《第凡內早餐》當中的戒指。它出現時是個毫無價值的玩意兒，藏在焦糖爆米花盒子裡的兒童玩具。主角前夫把它交給她未來的追求者，接著它就從故事中消失了。追求者開始和荷莉．葛萊特利小姐約會後，戒指再度出現，成為他們可以拿去第凡內珠寶店銘刻文字的物件。它落入珠寶商手中，消失了，然後等到故事中最重大的危機發生時才再度出現。後來追求者拿出它（上頭已刻了字），贈送給女主角。戒指尺寸是合的。在電影中，兩人墜入愛河。在小說中，葛萊特利接受戒指，但茫然失措。

也請你想想《酒店》當中的金色菸盒。富人想交給窮人，但遭到拒絕，菸盒就消失了。之後它重新出現，從富人的褲子裡掉出來，接著被猶豫地收下。注意：每當有東西從男人的褲子裡掉出來，你猜那代表什麼？當然了，窮人被富人誘惑了。我們上一次看到菸盒時，窮人順從地幫富人點菸。注意：富人採取了平行的行動，他將皮衣送給一個女人，女人賣了衣服，拿錢去墮胎。可惜打火機在類似的重要關頭並沒有獲得處理。

現在，想想《新漢普夏飯店》中名為悲傷的狗。牠死了，然後被剝製師塞入填充物，做成標本。它從爆炸的噴射客機掉出來，被沖上岸。有人找到它，用吹風機吹乾它。它毀了一次幽會。它被藏起來，最後又被發現，並害人心臟病發。

光是那隻狗的名字就提點了本書的主旋律：「悲傷會漂浮。」

最後，請想想《飄》當中的天鵝絨布。埃倫小姐的門帘是地位的象徵，也是她這個女性領導者的象徵。後來他們家在艱苦時期失勢，埃倫小姐也死了，她的女兒取下門帘，犧牲它們，做成一件袍子，希望靠它避免家族失去最大的權力來源：他們的土地。一個象徵會演化成另一個象徵。

題外話：該時期的鑑識剖析顯示，綠色是非常受歡迎的顏色。深綠色，因為以翡翠綠妝點的房間很少會有家蠅、跳蚤、蜘蛛或其他害蟲。基於某種奇蹟般的理由，你就算打開窗戶，綠色窗簾似乎也會驅走蚊子。像郝思嘉這樣的人家會在他們的深綠聖殿內消磨時間，免受黃熱病帶原昆蟲的騷擾。當時沒人知道，翡翠綠或「巴黎綠」染料當中含有大量砒霜。顏色愈深，纖維愈毒。搞不好天鵝絨布高達一半的重量都是砒霜，因此郝思嘉那六磅重的洋裝也許融了三磅砒霜在裡頭。

綠色簾子、壁紙、家具裝飾、地毯殺死了任何靠近它們的蟲子。住在這些房間裡頭的人逐漸變得病態蒼白，維多利亞時代人民眼中的地位指標。現在，想像郝思嘉大搖大擺去誘惑白瑞德的模樣，她的洋裝充滿毒藥，她的臉色每一分鐘都在變得更蒼白。她被拒絕後，去勾引弗蘭克．甘迺迪，結果在亞特蘭大的大雨中被逮到。郝思嘉全身溼透，布滿砒霜，幫塔拉莊園繳稅根本是她最不需要擔心的事。她並不無恥，她是活生生的病態建築症候群受害者。這類因果關係是小小的報酬，為你的讀者帶來喜悅和欣慰。

這會將物件的變形（窗簾、洋裝、扭曲心靈的有毒布料）帶往後現代或後設小說的方向，但如果你能搞定，就去做吧。

我進行過規模較小的操作：《鬥陣俱樂部》抽脂手術抽出的脂肪變成肥皂，賣錢來資助活動，接著它又變成炸掉大樓的硝酸甘油。

所以囉，我的學生，今天這堂課要你回收你的物件。導入它們，然後藏起它們。重新發現它們，然後藏起它們。每次你讓它們重回故事，它們都得帶有更大的重要性和更強烈的情感。回收它們。最後，漂亮的解決掉它們。

緊張感：避免網球賽般來回的對話

如果你是我的學生，我會叫你用別人的招數來耍嘴皮子。你不是諾爾・寇威爾。伶牙俐齒是一種隱瞞，它永遠不會使你的讀者哭泣，很少使讀者發自內心大笑，也從來不會令誰心碎。

所以請避免網球賽般來回的對話，意思是某個角色說了某句話，而另一個回以完美的妙語。想想情境喜劇的對話你就懂了。漂亮的回嘴。完美的反駁。托球和殺球。立即性的滿足。緊張感被創造出來，然後立刻消解。因此能量沒有累積，一直都會是低落的。例如：溫蒂偷瞄他一眼。「你有疱疹嗎？」

布蘭登別過頭去。漸漸地，他將視線挪回來，和她對看。「有，我有。」

問題獲得解答，衝突平息。能量又回到零了，一顆又大又無聊的鴨蛋。

相對地，如果你是我的學生，我會告訴你：在你導入更大的事件之前，永遠不要解決掉原有的事件。

例如：溫蒂偷瞄他一眼。「你有疱疹嗎？」

布蘭登別過頭去。漸漸地，他將視線挪回來，和她對看。「我買了妳要的座位牌。」

或者，「溫蒂，親愛的，妳知道我永遠不會傷害妳。」

或者，「天啊！妳在扯什麼！」

或者，「那個梅根・惠特尼在胡說八道。」

溫蒂回答：「誰是梅根・惠特尼？」

布蘭登回答：「我買了妳要的座位牌。」

永遠要把一件事放在心上：我們傾向避開衝突（我們是寫作者）和欺騙，傾向用對話推進情節（這是一種根本的罪行）。所以囉，為了實踐前者、避開後者，你要**運用含糊推託的對話或不順暢的溝通，不斷去增加故事的緊張感。避免對話齊發，太過快速地消解掉緊張感。**

這也不只是我在提倡。娥蘇拉・勒瑰恩曾坐在波特蘭州立大學禮堂的安靜角落，給了我一些建議，我們都受邀在巫力根（Ooligan）小型出版計畫的相關活動上發表演說。我說了一個故事，內容是關於帶一位女性（義大利版《*Vogue*》的採訪記者）到遊樂園去。首先，我給了這位記者一大把鋁箔氣球。一進入遊樂園，她就鬆手了，氣球飄走。震耳欲聾的爆炸傳來。遊樂園裡的設施緩緩卡住，停了下來，孩子們被困在空中，不斷尖叫。火花從高處噴下來，消防員帶梯子來拯救受困者，場面一片混亂。

鋁箔氣球纏住了供給該區電力的主電線。在遙遠的上方，融化的氣球們噴濺渣滓，滴下著火的黏糊之物。遊樂園的員工都在咒罵，因為那天不能做生意了，所有攤販的食物都白煮了。沒人知道氣球是誰帶進來的。就這樣，故事在那曖昧的調性中洩氣收場。

我下台後，娥蘇拉找上了我。我們從未見過面，但她想協助我腦力激盪，想一個更好的結尾。在這過程中她對我說：「在你帶來更大的威脅之前，永遠不要排除掉原有的威脅。」

緊張感：不要用對話推進故事情節

想想那些低成本電視電影吧，裡頭會有少尉衝進房間裡說：「火星人破壞我們的力場，開始用熱光線摧毀紐約了！」

感覺被唬了嗎？我就有這種感覺。就算少尉的制服被致命的熱光線燒焦，臉變成焦黑的面具，骨頭露了出來，就算他用尖叫宣告，然後倒地身亡……我還是想先看到一些曼哈頓的微縮模型遭到強攻、火烤。

如果一個情節點值得被放進故事中，它就值得在一個鏡頭中獲得描寫。別用對話交代

在你帶來更大的威脅之前，永遠不要排除掉原有的威脅。

——娥蘇拉・勒瑰恩

它。你不是莎士比亞，沒有受限於環球劇場的舞台以及後排觀眾的腿部耐力。你有預算和時間。

即使像《唐人街》這種除了小瑕疵之外都很好的電影（導演耐心又嚴謹地允許這部作品在真相被發掘的過程中，說明洛杉磯的水是怎麼被偷走的），最大的爆點仍是透過對話揭露的。艾弗琳．毛瑞的女兒是她亂倫生下的。對，如果我們運用發掘真相的過程來展開這個爆料，故事會更令人發毛——首先懷疑孩子的生父，然後追蹤出生證明，從前任僕人那裡聽到一些傳言，探索艾弗琳沒有母親的原因。問問你自己，哪個戲劇性比較強？是加州配水史嗎？還是揪心地發現父女的性關係，以及祖父性騷擾孫女的潛在威脅？

這樣說聽起來很嚴厲，但我**禁止你使用對話推進故事情節**。**這麼做太廉價、太懶惰了**。

幾年前，湯姆在某次工作坊的一開始描述了他幾天前的朗讀活動。他獲邀和一個非常年輕的作家一起朗讀，對方根本是個青少年，正在寫小說《涅槃之後》。該作描寫一名正值青春期的妓女靠拉客賺來的錢購買毒品。湯姆充滿敬畏地談論這位作家——李．威廉斯，談他如何展開一個色情書店當中的性愛場景。湯姆說他很驚訝，納悶地想：他真的會下手嗎？這老兄真的打算描寫一個孩子幫老人口交的場面嗎？

威廉斯真的做了。他並沒有切換到較安全的做法，例如讓敘事者分神去回想療癒性的兒時回憶，在國慶日吃好吃的熱狗之類的。他也沒有跳到未來的場景，用對話或高雅的記憶片段去敘述性愛場面。都沒有。寫作者攤開各種細節，並在公開場合朗讀給一群人聽。湯姆敬佩他，因為他有勇氣寫這些難搞的事，還朗讀出來。而如果你是我的學生，我會告訴你，這就是你的差事。

容我引用喬伊．威廉斯說過的一句話：「**你寫作不是為了交朋友**。」我站起來朗讀〈腸子〉時，並沒有變成誰心目中耀眼、閃亮的天神。就許多方面來看，那是一種公然自殺的行動。不過寫好作品跟「使寫作者討喜」並沒有關聯。

所以囉，把那些大場面攤開來寫吧。不要用對話傳達重要訊息。

緊張感：別寫主旨句

想像一名脫衣舞者登台，脫掉他或她的褲子然後說：「這就是我的肉。有任何問題嗎？」不管這人是詹寧．塔圖姆還是珍娜．詹姆森，你都會覺得被唬了。身為讀者或脫衣舞愛好者，我們要的是緊張感，一個漸進式的過程。當然結果或多或少都可以預測：生殖器。因此我們想要的是維持被挑逗和投入其中的感覺。

一開頭就透露一切，是個常見的錯誤：

你寫作不是為了交朋友。——喬伊・威廉斯

莉拉來參加穀倉舞會。她遲到了，但剛好撞見雷諾茲親吻道恩・泰勒。

當然了，這段文字當中還是有一丁點緊張感。接下來誰會採取什麼行動？不過所有事情都被概述出來了，讀者並沒有得到發現新狀況的喜悅。第一句話就是他們的報酬。我們不知道穀倉長什麼樣子，或聞起來有什麼味道。我們不知道莉拉有什麼感覺，不知道她的鞋子有沒有弄痛她，或者她是否在座位上等了一整天。我們就只是被拋入行動之中，轟，到了。

這種做法在喜劇中也許會有效，不斷取消戲劇性會產生幽默。不過就連一流的搞笑都仰賴製造張力，然後迅速消融它。有時候會是一大段堆疊，當中充滿強力的逆轉。例如：

有個生意人抵達旅館，登記入住。他打開房間裡的迷你吧，倒了一杯蘇格蘭威士忌給自己，然後撥號給伴遊服務業者。有個聲音說「喂」，他立刻打斷對方。他話說得很快，在自己洩氣打退堂鼓前下達指令：「聽著，我要你們派最胖、最黑的公狗，以及最瘦最白的書呆子過來。我要看黑人搞白人，然後看白人搞黑人。然後我要一次搞他們兩個。你們可以實現我的要求嗎？」停頓了一下之後，一個彬彬有禮又耳熟的嗓音說：「先生，你打到櫃台來了。你得先撥九接外線……」

很長的鋪陳。這段情節可以分解成幾個簡單的動作：握有權力的男人要求權力的展示。接著他要求權力關係的倒轉。接著他打算踩在所有人頭上。最後他遭到羞辱，離開時毫無權力在手。所以說，就連幽默描寫都需要製造緊張感，才能收到最強的效果。

你要認定每個句子都能激起一個小疑問。較小的疑問被解決的同時，它們應該要激起更大的疑問。女舞者脫下白手套。男舞者脫下領帶。女舞者開始拉洋裝後面的拉鍊。男舞者甩開他的晚禮服外套。

一段開場創造出一個問題，承諾會回答問題，但不會太快實行。想想《飄》的第一行：

「郝思嘉並非美女，可是那些臣服於其魅力的男人卻鮮少察覺……」

你讀了立刻納悶：為什麼？你上鉤了。

緊張感：別寫夢

根據湯姆的解釋，高登．里許禁止小說描寫夢境。我對這個說法的理解是，他認為連續描寫夢境是一種作弊。現實也可以是超現實的。讀納旦尼爾．韋斯特的所有作品都會有這個體認。

這麼說也許有點武斷，不過真的沒人想聽你昨晚做了什麼夢。就連榮格也不想，除非你每小時付他一百五美金，那他就會裝作有興趣的樣子。夢境是假的，假玩意兒創造不出緊張感。**小說已經是假玩意兒了，因此你不需要用更假的玩意兒進一步稀釋它。**

別忘了，是你來找我的。你要我給你寫作上的建議，而我把我學到的告訴你了。

緊張感：避免「是」、「有」、「想」形式的動詞

根據讀者剪下來寄給我的另一則《科學人》報導，有研究指出，人會對不同類型的動詞產生不同的反應。

當他們讀到主動、具體的動詞，例如「踩」、「踢」、「抓」，動詞就會活化大腦中負責該動作的區塊。你大腦的反應，會跟你真的划了一下水或擤鼻涕時如出一轍。

但當你讀到任何形式的「是」或「有」時，沒有任何對應的腦部活動會發生。同樣的，像「相信」、「愛」、「記住」之類的抽象動詞也不會觸發什麼。不會有同理性認知鏡像，或類似的反應產生。

因此，像「雅琳在門邊。她有一頭長長的棕色頭髮，臉上有震驚的表情。她比他印象中還高……」這種文字，不如「雅琳跨入視野之中，一道門框住她。她其中一隻戴手套的手撥開臉上一綹長長的棕色頭髮。她用眉筆畫出的眉毛驚訝地抬起……」扣人心弦。

懷著上述認知的我，要請你避免任何形式的「是」和「有」。也要避免使用抽象動詞，這樣才有利於創造適當的情境，讓你的讀者自己去記憶、相信、愛戀它們。你不該規定情緒。你的工作是創造出對的情境，讓你想要的情緒在讀者心中滋生出來。

緊張感：第二幕公路旅行

一旦詳述完你的標準場景後，請考慮集合你的角色，送他們到寬廣的外界去獲取一些新鮮視角。

在第二幕結尾處安排公路旅行的是很有效的一招。看看《大亨小傳》，幾乎所有角色都霸道地跳上車，開到曼哈頓去，所有情感的攤牌則發生在廣場飯店那過熱的套房內。麥特爾不在場，但她看到他們的車子經過。還有一個緊繃、酒氣濃厚的場面，就在湯姆和黛西家最早開的那場派對的尾聲，麥特爾透過一通電話把自己插入故事之中。一行人突襲拜訪廣場飯店後回來了，而麥特爾衝向蓋茨比的車子，引發第三幕混亂。

《飛越杜鵑窩》中的療養院病友在兩名妓女陪同下前去海釣。他們回來之後，比利．比比特和其中一名妓女做愛，然後自殺，引發第三幕混亂。

在我自己寫的《鬥陣俱樂部》中，敘事者跨入世界去追捕泰勒．德頓，結果發現自己就是德頓。真相引發了自殺／謀殺。

所以囉，一旦建立好角色和場景，就讓你的角色去看看外頭的世界。這是以海德格的學說為基礎，算是吧，他認為逃離你的此有（Dasein）或命運是沒有意義的。更大的世界會使角色想到自身的渺小和有限，會催促他們採取災難性的行動。想想《夏日癡魂》最後透過倒敘揭曉的真相：賽巴斯汀終於採取了行動，但他已注定失敗。

也許這就是大家夢想在退休後到處旅行的原因。看看世界，體認自己的無足輕重，就能接受回家和死亡了。

緊張感：幽默或喜悅作為一種緩和

如果你是我的學生，我會對你說個笑話。我會問你：「你會怎麼稱呼開飛機的黑人？」我會吼出我的答案：「**是駕駛員啦，你這該死的種族主義者！**」

我們視為幽默的表現，來自於緊張感的快速緩和。首先，你以為我要做仇恨性的發言，結果我沒有。事實上，我反轉了指控，把它拋回去給你。經典的權力翻轉。

當你取消緊張感時，只會有一個笑聲，或區區一個快樂結局產生出來。**你創造出愈多緊張感，維持它的時間愈久且不會讓讀者感到疏遠的話，結局讀起來就會愈令人滿意。**就算你疏遠讀者，他還是有很大的機會會回頭來看這本書，只為了未獲滿足的好奇心。一九九六年，《鬥陣俱樂部》剛上市時，許多書評表示他們讀到一定程度就把書扔到牆角去了，這可不是譬喻喔。不過他們很快又把書撿回來，看故事會怎麼收尾。

緊張感：探討無法判定之事

尚未解決的社會議題蘊含著極大的張力。法國哲學家德希達提出一個看法：西方文化是二元的。事情非得是這樣，或者那樣。正確或錯誤。活或死。男或女。任何未明確落入其中一個框架的事物，會使我們困惑焦躁。他最喜歡的例子是殭屍，殭屍似乎既是活人又是死者。還有吸血鬼。而書寫他們的故事，目標都是把他們變成死者。

這就是為什麼我在作品中描寫問題重重的行為，卻拒絕認同或譴責它們。公共辯論是一種美好的能量，為什麼要排除掉它呢？

讀者對作品反應強烈時，往往不知原因何在。根據電影歷史學家的推測，環球影片的《科學怪人》和《歌劇魅影》之所以賣座，是因為它們給觀眾一種獲得批准的管道，去應對揮之不去的、一次世界大戰所帶來的恐怖。醫療進步拯救了許多士兵的性命，這些人打的如果是更早期的仗，根本無法回家。而這些嚴重殘障的倖存者偶爾會在公共場合現身。恐怖電影會嚇唬觀眾，但也讓他們得以適應觀看「怪物」。

同樣地，布蘭姆．史托克的《卓九勒伯爵》據說提供讀者一個管道，獲准宣泄他們對於十九世紀富裕猶太人移民至倫敦的恐懼。《失嬰記》則安全地指出，在電影上映的那個時代，女人對於生殖健康的掌控力有多麼小。艾拉．萊文把他的作品包裝成「恐怖故事」，使它的威脅性降低，真實性升高。

把上述觀念放在心上，然後想想還有哪些文化面向的是非對錯尚不分明。我最先想到的是墮胎和割包皮。人們會拚命為它們護航，或加以譴責。身為寫作者，你的工作不是釐清一個議題，而是描寫情境，利用議題原本就帶有的緊張感。

在此給大家一個寫作提示：請試想一則故事，關於一個男人想要他太太去墮胎。她同意，但條件是，他也得答應去割包皮。如果他願意放棄自己的一部分（很可能包含一部分的性愉悅），那麼她就願意放棄小孩。他不用再養一個小孩，她也不用再容忍那一片鬆軟、頹喪的男性肌膚——永遠不會散發出清新氣味的肉。

再給大家另一個寫作提示：試想午餐肉罐頭的故事。作家道格拉斯．柯普蘭告訴我，人類學家曾用一個理論解釋午餐肉為何在太平洋島民之間如此受歡迎。他們懷疑午餐肉的味道和硬度都很接近人肉，而久遠以前曾有食人歷史的文化熱愛這項產品，卻不知道原因。那麼這樣吧……有個祕密晚餐俱樂部在遊輪上做東道主，將賓客帶到離岸數英里的公海，向他們索取鉅額款項，然後為他們舉辦人肉饗宴。真相是，宴會主只準備、供應午餐肉給客人。跟這些人（他們確實是討厭鬼沒錯）拿一大筆錢然後供應他們假人肉，是合乎道德的行徑嗎？

最後一個寫作提示：你是一個大學教授，教物理或化學，你最有前途的學生帶著新發現來找你。她在巧克力當中發現了一項新的分子性質。她優秀又純真，但你察覺了一件事——她的新發現最終可以用來武裝人類史上最具毀滅性的炸彈。如果她獲准發表研究，遲早會有數十億人類死亡。你警告她別發表，但沒人能保證她不會在某一天把成果分享出來。你該殺了她嗎？還有，你也得知了研究成果，某天搞不好會得失智症，把致命祕密洩漏出去，這表示你也該自殺嗎？

明白我的重點了嗎？如果你是我的學生，我會催你去尋找一些尚具爭議性的議題，它們肯定會立刻為你的作品帶來緊張感，並引發辯論。

緊張感：陷入瘋狂的故事

接下來這種類型的故事是我的最愛。它們很短。要短，才能避免累壞讀者。它們提供卡夫卡式的混沌和無邏輯，但帶有諷刺性的幽默。我不會講出爆點，不過可以幫你節省搜索時間，省個一百年左右。它們是稀有動物，真的很少見。

E．B．懷特的短篇小說〈爛睡衣的黃昏〉：一個臥病不起的男人因高燒產生幻覺，突然著迷於時尚雜誌當中那些毫不費力就坐擁鉅富的名流，著迷於他們的生活和影像。

雪莉．傑克森的〈我的R．H．梅西的生活〉：一名年輕女性（很可能就是傑克森她自己）在世界上最大的百貨公司工作，在職員面目模糊的行政部門接受訓練，結果變成了一個迷失自我、沒有名字的齒輪。這故事和她的恐怖小說〈摸彩〉形成抗衡。

艾咪．亨佩爾的〈別帶我們進賓州車站〉：一篇連禱文，列出一長串紐約人天天面對的荒謬和污辱。

艾咪．亨佩爾的〈單號#388475848-5〉：角色試圖逃票，不想付停車費。有史以來寫這件事寫得最好笑的就是她，無人能及。

弗蘭．利波維茲的〈緊追在後〉（In Hot Pursuit）：一個多嘴又自大的同性戀福爾摩斯搭機到洛杉磯尋找一個組織化的戀童癖集團。

恰克．帕拉尼克的〈輸家〉：發誓要加入兄弟會的老兄服用LSD後，在觀眾席上被節目單位選上，參加「價格猜猜看」。

恰克．帕拉尼克的〈艾利諾〉：一長串誤用字如影隨形地跟在一名伐木工身後。他逃離奧勒岡的致命大樹，卻注定在南加州的灰泥地上遭逢暴力。

恰克．帕拉尼克的〈人生的事實〉：一名父親想要隱晦地為七歲兒子進行性教育，談男女情事，連自我獻祭的生殖器和莎莉・斯特拉瑟斯都用上了。

如果你是我的學生，我會指定你根據以下提示寫作。

有個審查委員會受託為尚未上映的電影指定分級制度，而你要撰寫他們的集體之聲。用「我們」這個主詞說話，引用委員會成員深信不疑的、愈來愈荒謬的推斷：雲看起來太像陽具了，令人不快；人和動物的影子結合、互動的方式也許不是巧合；孩童吃甜甜圈的方式可能引人遐想……在你給片商的報告中，舉例說明觀影者先是辨識出一個個逾矩描寫，等到它們一一被指出時，所有審查委員一口咬定這是公然冒犯。這故事應該是愈滾愈大、綿延不絕的「投射」雪球，自以為正義的觀影者對他們下意識畏懼的事物提出抗議，展現出他們的想像有多病態，而不是影片中實際描寫的事物有多可怕。

祝你好運。寫短一點。寫狂一點。

緊張感：運用否認創造懸疑

若用老派文學術語來說，導入一個主題卻拒絕探索它就叫「省敘」，希臘語寫法是paralipsis。比方說，「鬥陣俱樂部的第一條規則是——你不談論鬥陣俱樂部。」

不過下列陳述也在這項技巧的涵蓋範圍內：「你知道我永遠不會殺你，對吧？」

或者：「他叫自己別賞她巴掌。」

每當你否定一種可能性，同時也創造出可能性。這種陳述把它表面上否認的威脅導入了故事之中。比方說：

這艘船不可能沉。

這鮭魚罐頭應該很安全。

請不要提起丹尼爾的謀殺案，我們沒要走那條路。

身為寫作者，每當你要導入一個威脅到故事之中時，向讀者保證它絕對不會發生就對了。對天發誓那可怕、陰森、不敢想像的事情永遠不會發生。立刻否定其可能性。這看起來像是保證安全性，但也是導入混沌、災難性前景的好方法。

打書巡迴途中寄出的明信片

事情第一次發生時，我不知道它發生了。房間感覺很溫暖，而且擠滿人，因此沒人表現得太過訝異。

我的目標是端出與雪莉・傑克森〈摸彩〉匹敵的作品。一九四八年，它在《紐約客》首次發表，導致幾百人取消訂閱。如今小朋友在學校上課會上到這個故事。這令我納悶：在今日，一個故事該描寫什麼樣的事物才能製造出同等的焦慮？

在傑克森的年代，我猜她的故事和徵兵制互相呼應。呼應的概念是，我們之所以平和、安全地過活，都是因為有年輕人隨機被選中、被毀滅，而且用的是科學所能發明出最折磨人的方法。沒人講到這種地步。當《超完美嬌妻》大賣時，人們對表面細節有所反應。沒人敢提到它如何立足於一個不祥的威脅之上：男性反對女人爭取權利。

〈摸彩〉是一部經典作品，而大家如今仍忽略它的可怕來自於成千上萬年輕人的恐懼。抽籤無可避免，而他們都希望抽到較大的籤號[7]。我們得面對它，才能提及它。

順帶一提，我有一部分傑克森的火化骨灰。她女兒莎迪的朋友和我的朋友在舊金山「不和諧協會」結識。莎迪一直在網路上賣骨灰，打著「雪莉遺骨」的名號。她聽說我是她媽的書迷，就寄了一批給我。我不顧正在吃早餐的同居人的反對，在廚房打開箱子。裡頭是骨灰和碎掉的骨頭。這種聖物太棒了，不該囤放起來，所以我找了兩個骨董盒子，有雕花和鑲嵌象牙的那種木盒，把雪莉的遺骨分成兩半，放進去。其中一個寄給我的經紀人，附上一封來源保證信。另一個盒子寄給我的編輯。

同一時間，我一直在想，到底什麼樣的現代故事可以和〈摸彩〉的衝擊力匹敵。我從大學時代就懷藏著一個故事，是我一個好朋友的故事。他試圖在自慰時用一條蠟「探勘」（自己去查意思吧）。急診手術的帳單終結了他的學院生涯。十年後，有個喝醉的朋友告訴我，他買了所有做紅蘿蔔蛋糕的材料，加上凡士林。他丟了糖和麵粉，然後回家，在自慰時用紅蘿蔔釘（peg）自己（自己去查意思吧）。這兩則很棒的軼事有共通的主題，但還不夠我打造一篇小說。

最後，在為《窒息》做功課期間，我見到了一個在泳池中自娛結果差點搞死自己的男人。我需要的第三個元素出現了。我坐下來馬拉松式地寫下草稿，耗了一顆維可汀。我第一次在每週一次的寫作工作坊朗讀它時，我的朋友笑了。收到幾個抱怨的哀嚎，不過沒人昏倒。葛拉格．內策爾針對我寫狗的一段文字發表意見：「謝謝你最後帶來的爆笑。」

那篇小說，我命名為〈腸子〉。

故事表面非常駭人，不過它的力量在於它描寫的疏離感：當我們逐漸發育的性徵拉遠我們和我們父母的距離時，所感受到的那種疏離。它發表在《花花公子》和《衛報》（後者失去了一大堆訂戶，因為小說刊在週日副刊）之後，有人寫信跟我說，這是他讀過最悲傷、最動人的故事。每當有人不只看故事的表面時，你總會感到振奮。

我第一次公開朗讀它，是在鮑威爾書店頂樓的珍珠室。那天晚上很溫暖。事後我聽說，人群外圍有個年輕人昏倒了。從沒人致力於寫聽眾聽了會昏倒的那種故事。

隔天晚上，我在奧勒岡泰格德的邊界書店朗讀，有兩個站著聽的觀眾昏倒了。

而柏克萊電報大道寇迪書店那次，我已經知道該懷抱什麼預期了。觀眾席上擠滿人。在講台上，我看得到群眾臉上呈現出的緊張感，一種苦惱的表情，因為群眾靠太近了。陌生人和陌生人肩抵肩。所有人都憎恨彼此，因為會場籠罩著全面性的不適。

7 代表徵召順位排得較後面。

熱，溼，缺乏私人空間。

當地的行銷人員大衛．戈伊拉目擊了舊金山書店讀者昏倒那幕，發誓說我一念出「玉米和花生」，就觸發了他們的反應。在柏克萊，當我來到「玉米和花生」時，一個坐在人群中央的年輕人，他的頭垂向一側，身體癱靠在旁邊的女孩身上。從女孩的表情來看，雙方並不認識。身體接觸使她感到噁心，表情扭曲。他的身體倒在她大腿上。他滑到地上時，她大叫一聲。

那尖叫使所有人聚焦在她身上。我停止朗讀，一排排、一層層的觀眾都站了起來，希望看清楚狀況。有人揪著胸口，有人雙手掩面。他們顯然都很不安。在他們看來，他死了。他四周的人把他抬離地面，但沒有其他空間可以擺他，除了剛剛尖叫那個女孩的大腿。

從講台上看，那畫面是一幅古怪的《聖母憐子》。看起來像是死了的男子躺在年輕女子的大腿上，癱軟著。現場還有一些《最後的晚餐》的元素：兩旁的人，以及包圍他們的人都往前探出身子，彷彿想提供援助。四百張絕望又垂憐的面孔。

我望向大衛．戈伊拉。我們都知道接下來會發生什麼事。

昏倒的男人眨眨眼，醒了過來。他發現自己成了眾所矚目的焦點，臉紅了。旁人輕輕扶他，讓他在自己的座位上坐直。

群眾中的所有人……他們發狂了。啜泣、歡呼，甚至忘了我在那裡。對他們而言，他們剛剛見證了死亡與復活。拉撒路。緊張感消失了，取而代之的是這溫暖的一體感。他們忘了對彼此的憎恨，被這次經驗連結起來，成為一個社群。他們已經在向彼此訴說自己的故事了。共有的恐懼和安慰使他們成了一家人。

我取得大受震驚的男子的同意，最後把故事朗讀完了。

在一個又一個城市，無論那是英國或義大利，幾乎每一次都循著同樣的模式。玉米和花生。關於昏倒人數，我數到七十三之後就沒繼續算下去了。不過我還是繼續朗讀這個故事。有人說他在地鐵上讀這個故事時昏倒。最近，在華盛頓特區六街I街路口的歷史猶太會堂，有五個人昏倒，觀眾當中剛好有醫生，可以上前去照料他們。當我朗讀完，到場救護車的紅藍燈光在彩繪玻璃窗上閃啊閃的。

關於故事的故事說完了。如今，昏倒的人已多達幾百個。

我想雪莉·傑克森會認同我。

四、過程

有人會問：「你的靈感是從哪來的？」他們想問的可能是更大的問題。

有時故事前提先冒出來。其他時候，一句話或一個詞語會催生整個故事或整本書。有一次，我前工作場合的朋友說：「我看得出你的思路。」這句話聽起來多麼棒啊，充滿回音和曖昧。當天晚上，我在工作坊上重念了它一次，寫作者們為了誰該先拿它去用而起了爭論。有一次我和陶德．道提一起在堪薩斯市打書。親愛的陶德，是現今世上最優秀的行銷人員。他和我請票務人員把我們的所有行李都登記在我名下。我坐商務艙，因此陶德的行李不會被額外收費。票務人員聳聳肩，笑咪咪地說：「我從來沒這麼做過。**來看看會怎樣吧**。」又是一個美妙的句子，充滿好奇和期盼。它成為我的著色書《誘餌》的書名，插畫由極優秀的藝術家鄧肯．費格雷多提供。

過程：我的方法

一八五〇年代，美國海岸與地理測繪單位製作了加州海岸的草圖，以進行燈塔選址。他們雇來製作銅版畫的藝術家是個年輕人，固定會在作品邊緣塗鴉，畫一些小肖像畫。一些小小的習作，顯示從不同角度打光照亮人臉會有什麼效果。作品很迷人，不過當它們出現在記錄聖塔芭芭拉海岸線的官方立視圖時，案主就開除了他。

那個男人叫詹姆斯．惠斯勒，後來他去幹更大的事了。不過到了今天，這些小習作顯示出創作者心靈持續運作的軌跡。

你永遠不知道何時會碰到超棒的點子、畫面、發言。有一天，我路過一個建築工地，那裡有好幾個泥水匠正在鷹架上工作，一個搬運工急急忙忙地提供新拌好的砂漿給他們。看起來是個很糟的工作，得提著一桶又一桶溼溼的砂漿上下梯子。有個泥水匠吼出他的謝意：「老弟，你讓泥巴活得好好的，我愛死了！」[8]

好吧，那不只是「有一天」，而是十一年前的事。不過一個好句子就是可以在寫作者心中卡這麼久。那是詩句，母音和子音的反覆多麼和諧，尤其是開頭結尾都有一個v。寫作者隨身攜帶「每日筆記」，快筆記下點子或有用的瑣事，是一種標準的練習。不過最棒的材料會卡在你的腦中，直到你找到一個地方展示它。

「老弟，你讓泥巴活得好好的，我愛死了。」現在它找到一個家了。

全國公共廣播電台有次在新漢普夏的樸茨茅斯舉辦一個活動，風趣迷人的製作人聊起他和白人盎格魯—撒克遜新教徒友人的禁欲家人共進晚餐的事。她安靜地模仿他們使用刀叉的模樣，演示他們吃完整餐都沒說半句話的狀況。總結時，她如此稱呼他們：「新英格蘭人，

8 此句原文為Dude, I love the way you keep the mud alive!

上帝的玄民。」

我怎麼忘得了？我怎麼可能不拿來用？每當我吃著沉默、令人呆滯的一餐，痛苦萬分時，就會用手肘頂一頂朋友：「上帝的玄民。」如今，那美好的妙語也找到一個家了。

我和作家艾拉・萊文書信往返了好幾年。他向人推薦我的書《日記》（*Diary*），而我驚嘆自己竟然能和《失嬰記》以及其他好書外加戲劇《死亡陷阱》的作者保持聯絡。當我問他寫作方法時，他回信告訴我一則寓言，關於一個鬍子極長的男人。有一次，某人問男人睡覺時會把鬍子放在被子上或被子下，結果他答不出來。他沒想過這個問題。那天晚上，他睡覺時試著把鬍子蓋到被子下方，結果睡不著。接著他試著把鬍子擺到被子上方，結果睡不著。之後那個男人再也沒睡著過。

艾拉・萊文的重點：不要掛念創作流程這件事。

不過如果你是我的學生，而你問起我的創作流程，我會這樣告訴你。首先，我工作起來最順的地方是無聊、沒什麼刺激，但有其他人在場的地方，像是機場、汽車經銷行、醫院急診室等候區。當我還在福萊納卡車公司上班時，最初期的點子都是在筆記本內草草寫下的，夾在轉矩規格、扣件尺寸、零件編號之間，夾在上頭指派給我的機械裝配計畫的相關資料之中。就像惠斯勒的素描出現在他白天正職畫的地圖上。

我把自己想成一個導管。我是一次性的物件，試圖辨識永恆。經驗進入我，產品離開我。

我承認我有機械論的傾向。在福萊納卡車公司上班的歲月對我的創作過程造成影響。完成子組件，放入主要組裝線。這些可能是描寫主要情節點的短篇故事。每個部分都是一項實驗，用以發展整本書的調性。類似拼貼。

題外話：幾年前有人告訴我，打書巡迴的目的是為了在大市場中撐起地方媒體。那已是日報和地方日間電視台的往日時光了。那些媒體幾乎都消失了。在今天，大家更可能要求作家寫一系列短文，作為網站或雜誌的內容。英國早就這麼做了。在倫敦打書的作家晚上大概不能睡覺，得在旅館商務中心進行最後關頭的趕工，敲打出十幾篇文章，談他最喜歡的恐怖故事、歷史人物、擺脫瓶頸的方法。要避開這難關，可以用好幾個能獨立成短篇故事的場景或章節來打造你的長篇小說。雜誌和網站可以節錄這些內容，宣傳作品的效果會好得多。所有媒體都想要免費內容，而你要為這件事預做規劃。

回到創作過程這件事……要開始寫一本書或一篇故事時，我會將筆記本中清楚寫下的點子製成心智圖，藉此收集我所需的零件。我去任何地方都會帶著筆記本，草草記下可能適用於我的場景或故事的任何點子、畫面或詞彙。一旦我得到好幾頁筆記，就會將這些文字打成文字檔，剪剪貼貼，看它們以不同方法並置會產生什麼效果。

在這個階段，我會將這未完成的混亂稿子完整列印出來，訂成一本，隨身攜帶，每當有安靜的時刻可以利用，我就會拿出來閱讀、編輯。接著我會坐在電腦前，把改動的文字添加到檔案裡，然後列印出新的稿子，訂起來，帶著走，繼續編輯。

有個畫家告訴過我，任何創作者都必須管理自己的人生，才能創造出較大塊的時間來創作。透過「一整天持續不斷製作筆記」這招，當我總算要坐下來「寫作」時，手邊會有一大疊點子。我不會浪費任何寶貴的創作時間，不會從零開始動手。

我會持續和朋友、工作坊裡的創作者同儕分享切磋。看大家有多快投入我的主題，以及大家會不會給我新走向的建議，或者會不會發現我沒注意到的模式。這也是為了確認該點子近期內並沒有先被其他流行文化用走。

等到故事算是成形時，我會開始尋找需要添加其他東西的孔洞。比方說，有什麼地方需要拉長一拍的時間，或需要更和緩的轉折。是要貼著身體的描寫，還是流露感情的姿態。或者有什麼地方可以靠多做功課補強。洞都補起來之後，我手上的故事最終將會成為未來新書的情節點。

我會用這方法創造幾個關鍵場景。也許會描繪角色的工作，描述愛情故事是如何開始的，所謂「有趣的邂逅」。或者角色運用非典型方法滿足情感需求的方式，例如他如何透過愚弄的手法使別人愛上他。這些都必須要能作為短篇故事獨立存在。首先，這樣安排，我就能在工作坊朗讀它們，測試它們的效果，獲取反饋，回去修改。第二，如此一來，我就能公開朗讀，測試看看有沒有什麼地方的能量遲緩，或者有沒有什麼地方使人偷笑。真實範例：

當我在打書巡迴朗讀〈羅曼史〉時，讀者聽到「我們搭起我的帳篷……」總是會笑。這些角色在音樂祭露營啊，有什麼好笑的？在巡迴途中有人向我解釋，「搭帳篷」是勃起的委婉說法，這是一個新用法。奇妙吧？

獨立的故事也可以賣給雜誌，獲得額外的收入，也可令未來的書商安心：這主題已經有其他編輯接受了。

這些短篇故事會累積。每個故事都有助於建立敘事者的語言花招，也有助於你在往後運用同一種寫作策略時建立故事的重複樂段。如今，我會將所有故事都列印出來，訂成一本，隨身攜帶。我可以改變它們的順序來測試閱讀步調，看有沒有什麼地方可以插入題外話或倒敘，以維持故事張力，或先使讀者分心，才用令他們意外的方式解決掉懸疑。

湯姆將創造出完整初稿的艱巨過程稱為「拉出炭塊」。他會這樣說：「放鬆一點，你還在拉炭塊的階段。」

有好一段時間，我都會隨身帶著一整本書的完整草稿。最重要的情節點，原始版的故事，已經完成了。虛構之屋的主結構已經蓋好，而且多少具有防水功能了。該做的只剩調節敘事步調，以及嘗試不同的結尾方式。

這個方法的好處是：首先，每個故事都會給我滿足感。我並不是帶著未完成的一本雜亂小說到處跑。每當一個故事完成、售出後，我又可以自由地開始寫新的故事了。我知道每個子組件都能運作，因為它曾經被出版，或者曾經有讀者讚賞。

如果我是你的老師，我會向你承認，這聽起來相當缺乏藝術性。但**如果你有白天正職，有家庭，得雜耍般地應對生命中的其他責任，那這樣一個場景接一個場景的實驗手法將能保住你的理智**。

過程：群眾散播

又一個福萊納卡車公司的故事。天氣一冷，野貓就會跑進卡車組裝廠住。儘管氣動工具不斷發出怒吼，機油和漆形成的霧氣懸浮在空氣中，牠們還是照來不誤。大家會拿午餐便當裡的食物餵牠們，瞥見牠們奔跑於一個又一個板條箱之間，那是牠們的庇護所。我們打開紙板箱，偶爾會發現一窩新生的小貓，粉紅色的，喵喵叫個不停，而根據管理規定，我們應該要把這些小貓丟進破碎機之中。然後牠們就會立刻被粉碎，跟硬紙板和包裝材沒兩樣。不管公司到底如何規定，沒人幹得出那麼狼心狗肺的事。儘管得冒著丟飯碗的風險，我們還是把小貓當成一個祕密，藏起牠們，餵養牠們，直到春天來臨，牠們就可以去外頭闖了。

每一份工作都是一個世界。我在這座工廠上班的第一天，領班派我去另一個工作站拿一樣叫刮刀研磨機的工具。另一個工作站的領班叫我去找另一個領班，接著後者又叫我到第四個工作站去，不過每個人都先咒罵了我一頓。當天下工前，我已經跑遍了工廠內的所有工作站，從粗製駕駛室組裝站到線下工作站都跑了一輪，見了每一個領班，他們全都咒罵我，朝我吐口水。這裡並沒有叫作刮刀研磨機的工具，不過那不是重點。重點是，我了解了這個地方的格局，也向每個上級自我介紹了，以後我可能被指派到他們之中的任何一個人下面工作。

而我告訴你的這個故事的重點是，幾年後我在派對上講出這件事，幾乎每個在場的人都跳上前來，想把握機會講述幾乎完全相同的生命經驗。有個曾在紅羅賓餐廳工作的人說，她上工第一天被派去找香蕉削皮器。有個人說他在目標百貨被派去找層架格板。

你看看，一個好故事或許會讓所有人陷入敬畏的沉默，但**一個超棒的故事會激發類似的故事，並團結大家**。它提醒我們，我們的生命是相近的，而不是懸殊的，因而創造出社群。

事實上，一個友善的說故事競賽展開了。曾在多倫多磚塊工廠工作的男人說，公司的人曾叫他拿一桶熱氣。他的同事教他把桶子擺到蒸氣閥門上方，維持金屬桶上下顛倒的模樣，然後到處跑。他從來沒質疑這項工作是在幹麼，第一天上班就在東跑西跑中度過了。兩手都是水泡，試圖把熱氣送到需要它的地方。

另一個人說，電視台以前會叫新進員工洗濾光片。濾光片是彩色塑膠薄片，用來幫布景燈光調色的。原版膠片是極度脆弱的薄薄一層膠，所以才得名。在電視台工作的第一天，經理會給你幾張膠片，叫你去洗。如果你刮傷或撕裂它，他們就會說你被開除了。他們會叫你去有洗手台的警衛室，然後用最燙的水去洗。當然了，他們會給你膠做的老式膠片，膠片一碰到熱水就會融化，被沖進排水管中。說這個故事的男人表示，他上工第一天剩下的時間都花在躲老闆上頭，很確定自己會被解雇。

有個小兒科醫生分享他在實習期間的某晚被廣播的經驗。那時已經很晚了，早已過了午夜，輪班使他睡不了太多，也吃不了太多。他在輪床上打盹到一半時，廣播系統發布了一個紅色警戒，要他去很遠的房間，位於很少使用的樓層。在那裡，他一跨出電梯就聽到廣播要他去的房間傳出尖叫，進門後看到一個裸體女子躺在床上，渾身是血，抱著一個嬰兒。女人尖叫：「你！你殺了他，你這狗娘養的！你殺了我的孩子！」她把死嬰丟向他，而他沒多想便接了下來。血液黏膩，散發惡臭。那嬰兒又重又癱軟，房間照明詭異，燈光來自床底、許多小隔間和半掩的簾子後方，營造出噩夢般的氣氛。

那些簾子是為了遮住躲在後面的整個外科單位工作人員，他們正看著好戲。床上的女人是護士，死嬰兒很擬真，因為那是人工呼吸教學用的人偶。血的觸感和氣味很擬真，因為那是真血，過了保存期限的血。所有人都擠在陰暗的房間內，因為他們想看當年用來整他們的手法……整你們的手法。

這些故事，關於被惡整的故事。我挑最棒的出來說，陌生人就會分享自己的真實經驗，試圖打敗我。這一切的高潮發生在巴黎。有個身穿西裝、腳上皮鞋擦得閃亮又漂亮的男人把我帶到一旁，給了我一張名片。他是一名獸醫，他向我解釋：在法國，成為獸醫的過程並不輕鬆。他申請學校七次，最後才被收進去。為了慶祝他入學，他的指導教授和講師在其中一個實驗室辦了派對，向他表示敬意。他們喝酒，這群人歡快地恭喜他成為這裡的學生。到了某一刻，有人遞給他加了鎮靜劑的酒。因為這是傳統。他睡著了，而其他人扒光他的衣服，將他赤裸、昏睡的身體擺放成胎兒的姿勢。接著他們小心翼翼地、一絲不苟地將他放進剛死的馬的肚子裡，縫起來。

「當你醒過來時，」他告訴我，「根本不知道自己在哪裡。」鎮靜劑使你頭痛。你冷得發抖。四周又黑又臭得可怕，根本無法深呼吸。你整個人被緊緊包成一團，動彈不得。很想吐，但四周甚至沒有容納嘔吐物的空隙。但你還聽得到聲音。在這黑暗、擁擠的空間的另一頭，你的教授和指導教授仍然在開派對。他們一看到你在緊裹的馬皮內有所動靜，就開始大吼。「好啦，你以為要成為我們的一員很容易是吧？」他們大吼。他們嘲弄，「你不可能填幾張單子就成為一個獸醫！」他們團團包圍你，但你看不見他們。他們大吼：「你要**拚一點才能入我們這一行！**」

他們要你奮鬥，喊著：「拚！拚！」而你同時開始掙扎，推擠緊捆著你的某物。當你在堅韌、無生命的藏身處扒出一個洞時，你感覺到有人塞了一杯酒到你血淋淋的手中。

緩慢地，你被迫讓自己出生。赤裸又血淋淋地，從動物死屍中誕生。出來之後，你的夥伴就會為你歡呼，用真誠的溫暖態度對待你。你們會繼續開派對慶祝，你則維持赤裸和染血的模樣。你已經在他們的行列之中贏得一席之地。

這個巴黎男子，給我名片還穿著亮皮鞋的男子，向我解釋為何有這個傳統。這怪誕、古老的儀式。因為它創造一個群體內共享的基礎經驗，而且是總有一天會成為某種慰藉的經驗。在未來，無論有多少漂亮的小狗或小貓在你的照護過程中死去，無論你的工作內容多麼令你心痛，都不會比在冰冷的馬屍體內甦醒還要可怕。

一流的故事會激發更多故事，我稱之為「群眾散播」。雲種散播會產生人造雨，同樣地，群眾散播是一種取用普遍個人經驗，加以測試、發展的手法。沒有誰的生命會非典型到他人無法共感的地步。

注意：科爾．波特會有名不是因為他發明琅琅上口、扣人心弦的歌詞，而是因為他偷聽到它們。他會在公共場所豎耳傾聽，然後挑出最受歡迎的黑話，圍繞它打造幾首歌曲。大家早已把「你站在頂端」（you're the top）和「無奇不有」（anything goes）掛在嘴邊了，他要賣自己的作品會更簡單。同樣地，約翰．史坦貝克的方法是在邊緣地帶豎耳傾聽，研究那些人怎麼說話，學習他們的生活細節。成名使他陷入恐慌。作為眾人注意力的焦點，他再也無法收集他需要的材料了。

群眾散播有許多運作方式。

首先，群眾散播使你看得出一個故事到底有沒有使人沉迷。它有沒有立刻吊中他們的胃口，和他們的生命產生共鳴？有沒有使他們回想起幾乎已遺忘的軼事？這故事是否准許他們去訴說「過去從不敢訴說的故事」？

這很重要。人的表達往往會有所保留，因為害怕冒犯別人，或被別人評斷。不過你若承擔風險，跨出第一步，你就等於給了他們許可，他們可以冒險分享自己的事。用小魚釣大魚。

〈腸子〉一直以來都允許讀者去訴說類似的故事。有個年紀跟我差不多的女人，告訴我她二年級時參加幼女童軍，也就是女童軍的前導團體。她當時七歲，肚子痛，她媽就帶她上床，讓她趴在一塊會震動的熱敷墊上。「它肯定是滑到我兩腿之間了。」她說：「因為我醒來時竟然有那樣的感覺！」

她從來沒有那麼棒的經驗。她不知道發生了什麼事，不過下一次她請幼女童軍夥伴到家裡作客時說：「棕精靈[9]們，妳們一定要試試這個熱敷墊！」她們試了，之後每一次幼女童

9 Brownie。幼女童軍的稱號。

軍會議都是在她家開。

「那是七歲女孩的《欲望城市》。」她說：「我第一次成為學校裡最受歡迎的女孩。」她自豪地露出燦爛笑容。「每個人都想當我的朋友。」

直到某天，她媽提早下班回家逮到了她們，發現每個人都在用熱敷墊。她媽叫其他女孩回家。「她拔掉原本差在牆上的熱敷墊電線，」那女人對我說：「然後用它一再、一再地打我，從頭到尾都在質問：『我養出了什麼樣的骯髒妓女啊？』還有：『妳怎麼有膽做這麼骯髒的事？』」

女人吐露心聲：「我小二之後就不曾有過高潮了……但如果你可以站在那裡講一個塞紅蘿蔔在屁股裡打手槍的故事，也許我應該要回去找我媽談那塊熱敷墊……也許我可以利用那個故事，而不是**被它利用**。」

我原本想糾正她：「嘿，小姐，〈腸子〉並不是發生在我身上的事！」但誰在乎呢？寫作不是耍帥。**重點是給人們許可，讓他們去訴說自己的故事，徹底表露出情感連結，以及對故事的反饋**。

除了測試故事的吸引力和引發回響的力道之外，群眾散播也會給你描繪同一類情境的例子，而且更大、更好。別忘了，極簡主義的意思是用一百種不同方式表達同一種東西。我那段刮刀研磨機的回憶很可愛，但那只是一個餌。餌釣出了熱氣水桶、膠片、醫生的故事，最後還有法國獸醫的死馬故事。

也許群眾散播最棒的面向是允許寫作者在人群之中工作。這工作的好一大部分是在孤立狀態中完成的，一個人用筆或鍵盤寫作，或者一個人在台上，或者一個人在旅館房間內。導入一個概念，然後聽其他人表演——這永遠是一件令人開心的事。我大學學的是新聞學。我缺乏想像力，卻是一個優秀的傾聽者，我的記憶力還不錯。**對我而言，寫小說這件事就是「辨識出許許多多生命的共通形式」**。

所以囉，如果你是我的學生，我會叫你去參加派對。分享你生命中彆扭、不光彩的部分。讓其他人分享他們的故事，留意從中浮現的形式。

過程：我在廚房餐桌拿到的藝術創作碩士學位

湯姆總愛說，寫作工作坊百分之九十九的功能在於給你寫作的許可，任何寫作工作坊都一樣。這項行為在大多數人眼中毫無意義，而工作坊賦予它合法性。

在湯姆家的每個星期四都會跑一樣的流程。傍晚六點在他家碰面，他會問大家好不好，通常是用第三人稱。他問莫妮卡．德雷克：「莫妮卡這星期過得好嗎？」問我：「恰克的世界還好嗎？」

我們交際，然後湯姆會分享他該星期的經歷。他是個活生生的、會呼吸的作者，我們都很渴望他分享書籍合約、電影提案的事。光是有湯姆在場，我們的夢想彷彿就有可能成真。

有社交時間，脫隊者就能到場。他會在這時談寫作的某些面向，例如「馬」，「猴型和象型心智」。有時候會有作家短暫來訪，當客座講者。可能是彼得．克里斯多佛來教我們「隱藏『我』」，或凱倫．卡伯說「槍永遠不只是槍」。你需要詳述它。她聽我朗讀《鬥陣俱樂部》第一章後幫我們上了這一課，因此我回頭去翻《無政府主義者手冊》，找出自製滅音器的細節，最後得到的槍比我原本寫的好上萬倍，有助於我建立權威性。

所有學生都交代完自己的事情後，湯姆會叫人呈上稿子。我們異口同聲喊這句話喊了數十年：「今晚誰有稿子？」

學生必須印出給所有人閱讀的稿子，同時要大聲朗讀出來。這練習有一部分算是來自高登．里許在哥倫比亞開的寫作工作坊。朗讀自己的作品、聽它沉重拖行，是非常痛苦的事。「大聲念」這部分則來自湯姆在紐約包厘劇院受的訓練。笑聲，或哀嚎的抱怨，或真正的緊張感所創造的無動靜的沉默——沒有比這些還要誠實的回應了。還有，大聲朗讀也是一種預先練習，因為你最後會在打書巡迴時公開朗讀。

專心的寫作者會在稿子邊緣草草寫下筆記。朗讀結束後，聽眾會有機會回應。各種意見之中，唯有修改建議或對特定面向的讚賞是有實用性的。湯姆不鼓勵我們一來一往交鋒，因為我們可能會花整個晚上試圖辯贏對方。我們聽著湯姆提出的的種種特殊術語（大聲音、以身體前進、馬、潛對話、解放）受訓，漸漸地，它們也成為我們評估作品的用語。

順帶一提，「潛對話」（或者潛台詞）指的是潛伏在動作、場景對話中的訊息，隱藏的額外意義。湯姆的「解放」指的是一種優雅，你的句子必須懷著這種優雅推進讀者，不讓他們從虛構之夢中醒來。為了展示這份優雅，他會將手掌縮成杯狀，左右傾斜，彷彿在雙掌之間溫柔地傳遞著一個小物件。**好作家必須輕柔地將讀者遞送到一個又一個句子去，彷彿他們是脆弱的蛋。你不能晃到他們出戲。**

最後回應學生的人是湯姆，他總是可以說出豐富的感想。

良性競爭一直存在於工作坊內。如果莫妮卡令所有人笑，我就會打定主意在下星期令大家笑得更開心。群體內總是會有相互影響的現象。假如某人的故事中有隻可愛的狗登場，結果幾個星期內大家都寫了可愛的狗，也不是什麼不尋常的事。湯姆指導我們，同時，我們也透過自己的失誤和成功來指導彼此。

我們那時夠年輕也夠潮，看得出哪個寫作者的點子在流行文化中已經逐漸抵達高峰。我們會盡可能將稅務、文學經紀人相關的圈內人建議帶到那裡去討論。有好幾年，我們都將報稅工作委託給同一個報稅員，這女性非常擅長為剛起步的畫家、音樂人、作家和其他賺不了什麼錢的類型的藝術家尋找漏洞。

每個晚上都會重複這樣的模式——學生朗讀，大家回應，直到所有人累到無法集中精神。偶爾電話會響起，破壞某人的故事氛圍。我堅持要湯姆拔掉電話線，但他總是會忘記，然後電話會響起，毀掉某人的完美情節，通常是我的。某些學生進步後，沒人會想在他們後面朗讀，因此壓軸的人往往是蘇西．薇特蘿、莫妮卡．德雷克、喬安娜．蘿絲或我。

最後，湯姆會朗讀他正在寫的作品。沒有人可以批評湯姆的寫作，沒有人敢。我們知道他念的東西很快就會被出版成一本真正的書，這令人興奮。或者，發現我們聽到的段落後來從最終定稿刪去，也一樣令人興奮。那跟觀賞電影刪去的祕密片段不無幾分相似。

我們會稱讚湯姆，而湯姆會開始點蠟燭。擺到桌上，擺到架子上。有人會開始傳杯子，然後大家會打開他們帶來的紅酒。

從這時開始，工作坊就變成一個派對了。我們會談論書，不過最主要談的是電影，聊到一部電影，而成員當中有好幾個人都看過該電影的情況是比較常有的。我們會熱切討論《末路狂花》、《不羈夜》，而《雲裳風暴》曾占去我們一整晚的時間。湯姆會借我們書，也告訴我們該讀什麼書。艾咪．亨佩爾、湯姆．瓊斯、馬克．理查德、貝瑞．漢納的短篇小說集。

倒酒的同時，湯姆會大聲、誇張地搓揉手掌，問：「好啦，誰欠我錢啊？」我們的學費是兩百美金現金，十堂課的費用。我們手頭緊時，湯姆也會收家用品來抵。他剛從紐約搬過來，還需要家具。我印象特別深刻的是莫妮卡帶了一盞燈來……一個花瓶……

作家史帝夫・艾爾蒙最近在《紐約時報雜誌》表示，寫作工作坊可以代替精神藥物，作為治療心理疾病的新型態談話療法。透過寫作，可以將生命以虛構的方式呈現，可以用創作練習的形式來應對難題。帶給主角救贖的同時，也找到自己的救贖。湯姆會同意這個說法。他運用的手法叫「危險書寫」，鼓勵學生去探索心中最深沉、祕密、未解決的焦慮。寫作過程提供的回報將會是「解決難題」，相較之下，出版和銷售（如果有的話）成了較不重要的額外獎勵。對我而言，這個工作坊的目的更重大。

在我們的一生當中，人際關係都是建立在鄰接性上。我們上同一所學校，在同一家公司上班，或住在同一個地區。這些環境一改變，友誼就會瓦解。不過在湯姆的工作坊，以及更後來的工作坊之中，我的友誼都是奠基在共同的熱情上。對寫作以及分享作品的共通熱情使我們這群朋友聚在一塊，而不是鄰接性發揮作用。大約從一九九〇年開始，混在一起的就差不多是同一掛人了。每個星期碰面，代表我們會見證彼此通過婚姻、生兒育女等階段，有一天還會看到某人的孫子。我們當中有人過世了。也有新朋友進入工作坊。我們看著彼此失敗和成功。

在九〇年代，那是我們每週四夜晚的派對。在那之前我參加的派對都是在狂灌酒（抽大麻或牛飲啤酒來忘記我無聊的人生和工作），相對地，這新派對慶祝我們的新未來。我們還很年輕，我們向我們的英雄敬酒。事實上我們的夢想會成真。我們全都會成為作家。

過程：作為爛藝術家的好作家

如果你想成為一個好作家，別怕成為爛藝術家。雷．布萊伯利畫畫，楚門．卡波提拼貼，諾曼．梅勒畫圖，寇特．馮內果畫圖，詹姆斯．瑟伯畫圖，威廉．布洛斯用散彈槍轟掉裝滿顏料的氣球。

莫妮卡．德雷克，《小丑女孩》和《血統證明書》的作者，會畫最完美的靜物畫，使用的媒材是油彩，和開關座。她會用好幾層透明亮光漆保護它們，創造出大家都會天天接觸的，如夢似幻的小小傑作。

你要知道，某些視覺藝術形式能夠為你的寫作加料。為了從無色的、抽象語言建構出的有限世界抽身，請你花些時間運用顏色和厚實的形狀吧。

過程：寫作者作為表演者

如果我是你的老師，我會叫你寵壞你的觀眾。

語言人類學家雪莉．布萊斯．希斯表示，經典，就是將讀者凝聚成一個社群的書。比方說，托爾金的書之所以有名，就在於將志趣相投的愛書人團結了起來。為了創造這個社群，**你要給讀者獨自應付不來的作品**。給他們大量幽默，或悲慟，或理念，或深度，讓他們不得不把書推給其他人，好增加可以討論作品的同儕。給他們一本強大的書，或一場大戲，讓它成為他們訴說的故事。他們對故事的體驗自成故事。

再說一次，我的核心理論是：我們消化經驗的方法是將它們變成故事。重述故事（無論那是好是壞）使我們得以排遣那環繞在經驗四周的、懸而未決的情緒。

如果你給讀者強烈到無法立即接受的作品，他們比較可能會將它分享出去。當然大家集合起來探索自己的反應時，社群就成形了。查爾斯・狄更斯明白這點，馬克・吐溫也懂。一**本書需要一張臉，連最一流的作家甚至都得表現得像個表演者。宣傳打書是你工作的一部分**，去討厭它並沒有意義。

想辦法去愛你作家工作的每個面向。

大約在第幾十億次打書巡迴時，我開始恨它了。旅館失眠夜，早班飛機，機場速食——在這些事物的空檔，我開始憎恨我遇到的人。我的解決之道？我相信具體的姿態可以壓倒念頭，因此在亞利桑那州鳳凰城的時候，我請當地出版人繞到一家克萊兒商店去，買了好幾袋鑲有水鑽的皇冠和三重冕。

作者宣傳活動有兩個最困難的部分，一是鼓勵觀眾提問，二是當問題太多又來得太快時，你得堵住那洪流。

我的解決之道是，誰提問我就給誰一個三重冕。觀眾立刻就火力全開了。我手上有的獎品顯然就只有這麼多，因此最後一個皇冠送出去之後，問題就停了。最棒的是，我度過了一段非常愉快的時光。既然我給了觀眾那麼可愛的三重冕之類的玩意兒，我就不可能憎恨他們、厭惡他們。「給予」這個行為重塑了我的想法。

看到了吧，祕密就是好好哄自己，讓自己度過開心的時光。無論你是在進行二十個城市的打書巡迴或是洗盤子，都要想辦法讓自己愛上那差事。事實上，諾拉．艾芙倫對我說過一個佛教諺語——大學讀完她的作品後，我只見過她唯一一次，就是在那次。地點是千邑餐廳，吵吵鬧鬧的藍燈書屋宴會會場，而她說：「如果你洗盤子的時候不快樂，那你就不可能快樂。」

讀者寫信給我說他們會戴著三重冕到學校去，於是我擴大規模，改送簽名殘肢。然後是閃閃發亮的海灘球。在《地獄派對》（*Damned*）打書巡迴的匹茲堡站，作家史都華．歐南給我十條普通尺寸的糖果，當天晚上我把它們扔向觀眾席。這跟「光在那邊講話」形成多麼美好的對比啊。盡全力扔東西的感覺實在太棒了，所以我開始買一袋袋大包裝糖果，然後扔向人們。你看著飛出去的整袋士力架畫出一個弧，飛過一千個人的頭頂，落在某個人懷中——沒什麼比這還要能夠描繪「說出好笑話或好故事」的情景了。

如果你洗盤子的時候不快樂，那你就不可能快樂。

那個招數有用，我又愛上辦活動了。我會花一整個冬天規劃、運送道具。充氣性愛娃娃。企鵝和巨大的充氣大腦。老實說，我為此大大破費。每場大活動，我大約得砸一萬美元在道具、獎品、運費上。不過我會問大家，有多少人不曾參加作家的打書巡迴活動，請他們舉手作答。每次都一樣，幾乎所有觀眾席上的人都舉手了，所以我的講究感覺都值得了，我把他們參加的第一場打書活動變成了特殊的體驗。

我不確定我還會不會再籌劃那些大型活動，不過想到過去那些活動，我總是會很愉快。還有，如果你是我的學生，我會叫你寫一篇讀者／作者合照的故事。宣傳《侏儒》的時候，陶德．道提（親愛的陶德，現今世上最優秀的行銷人員）和我會推著一個巨大的獎杯到處跑。它可以拆解成好幾塊，每場活動前我都會在旅館內鎖螺絲組合它，就像狙擊手組裝突擊步槍那樣。做這堆就只是要請讀者拿著它拍照。此後每當有人看到那張照片，他們都會問：「你比什麼比贏啦？」

就像先前說的，照片也會產生故事。活動會產生故事。如果我的主業做得好，我寫的書也會產生故事。大家會聚集起來，談論我寫的故事在他們身上產生的故事。那就是為什麼我要你想辦法找出工作的樂趣，給讀者無法停止談論的話題。

過程：透過想像力學習

湯姆的工作坊有個大家都會掛在嘴邊的笑話：學生都非常老實地遵守他的規定，因此到最後他們寫的東西都像是他頂級作品的劣質模仿。這是個笑話，但也是真話。而且這一連串無心的蹩腳模仿肯定是相當令人沮喪的。他自己的敘事口吻被拿來訴說他無感的故事，他的敘事工具被誇大到諷刺劇的地步——這一點很消磨靈魂。

而這再自然不過了。我們大多數人開始寫作時都試圖模仿費茲傑羅或海明威。《隨身本桃樂絲·帕克作品集》我一讀再讀，直到她的冷嘲熱諷成為我的第二天性。如今我們模仿湯姆，而我們當中最厲害的人最終會把他的寫作風格和我們從其他作家那裡搜括來的好料融合在一起。如果我們發展出自己的招數，就會加一些進去，然後創造出獨特的口吻。夠獨特的，混種的口吻。

重要的是，**模仿是一種自然的學習手段**。在高登·里許的黃金年代，他在哥倫比亞大學教書，替克諾夫出版社編書，經營文學雜誌《季刊》（*The Quarterly*），是大家心目中的小說隊長。他最優秀的學生是美國最有前景的年輕作家。這些人都根據他的要求寫作，並將作品公開地「獻給Q」，意思就是獻給里許。他們是破壞神，是里許的無敵大軍。

勢不可擋，直到被擋下來那一刻。評論家斯文・比克茲替《新共和》寫了一篇文章，要眾人聚焦在這些厲害、年輕的極簡主義者身上，看看他們寫的東西有多麼相像。他們用第一人稱寫作，寫不斷展開的當下，運用許多丁點大的感知。比克茲說得對，極簡主義的閃亮高樓看起來不再有未來性了。

就像退流行的美眉文學（Chick Lit）……任何風格或文類一旦被複製過頭，讀者的倦怠就會殺死它。

所以囉，那樣不對，遵守高登和湯姆和我的所有規則不是正確的觀念，不能永遠遵守下去。不過一開始遵守一些規則是比較好的。學一些必要的技術，之後你就能自由發揮。如果你夠幸運，而且夠成功，那麼一整個有抱負的世代就會模仿你的風格，把你拚了命贏得的、精心打造的敘事口吻砸碎在地。

過程：打造你的基礎建設

就算你寫不出東西了，你還是可以做作家的工作。

當你位在點子與點子之間的空檔時，請打造你會需要的基礎建設。我收過最棒的聖誕禮物是三孔紙張穿孔器，一次可以應對二十五到三十張紙。我在手寫稿件的時代開始寫作，如今寄第一份完整草稿給經紀人和編輯時，我還是習慣寄紙本。也就是說，我得囤放印表機墨水和活頁夾。你最終會需要信封收發合約。需要歸檔系統來整理未完作品。

任何電子儲存系統都並非萬無一失。雀兒喜・肯恩是我所認識的作家中最懂科技產品的一個，但她還是搞丟了一本幾乎快完成的小說。她在雲端硬碟或寄給自己的備份信件中都遍尋不著它。最後她把硬碟寄給專門為軍方拯救遺失檔案的公司，但就連他們都救不回那本書。我的電腦技術人員告訴我，就連隨身碟也經常會神祕地出包，或弄丟檔案。因此你肯定需要一個列印、整理作品的方式。

你也會想要一個整理稅單的系統。要像打算結婚的訂婚者那樣，把需要的工具和補給品列成一張清單，某種禮物清冊，然後寄給朋友家人。寧可收到優質的釘書機和一盒盒訂書針，也不會想收到古龍水，日後才匆匆轉送給別人。讓別人知道你在做什麼，讓他們透過贈送必需品來幫助你。

說真的，我對我那三孔紙張穿孔器的愛深到無法表達。還有我自己找到的，五美金買來的檔案櫃，有四個抽屜。還有L型的六〇年代「祕書桌」，亮光漆面酪梨綠的，花了我五十美金。它超大，占去我半間公寓。有個朋友看到它壓迫到我床鋪的模樣，便說：「有接待員的臥室我只看過一間，就是你這間。」

對，這一切都非常實用主義。但你還要去弄好一點的桌面照明。發展一個系統來整理你的書和補給品。如果你有一堆箱子、信封、封箱膠帶、專用桌面，就不會害怕處理書信了。如果你固定收集、捆好你的收據，就不會害怕報稅季了。

當一個作家不只是要寫作。下一個好靈感會來的，不過在那之前……整理桌面吧。回收舊紙，騰出空間讓新點子進駐你的腦袋。

過程：公開朗讀

湯姆會幫我們安排公開朗讀。通常是在咖啡店，有次選在波特蘭東南霍桑大道的共通點（Common Grounds）咖啡店，票券完售，超多人出席，工作人員短缺的服務生遞制服給湯姆和我，於是我們幫忙在朗讀會進行期間撤、洗碗盤。霍桑大道再往下走有莉娜咖啡，那裡每個星期四都開放給民眾報名朗讀。要小心這種傳統悠久、來者不拒的夜晚，與朗讀相對的不是聆聽，而是酒醉的不耐，和上百個等著上場的詩人的禮貌性鼓掌。在那裡，人們會得到他們固定需要的注意力劑量。每個星期都設下同樣的陷阱，逮到同一批寫作者。他們從來沒把作品帶到更大的市場去。

湯姆策劃的朗讀會之中，有個特別嚴峻的夜晚浮現在我心頭。在運動酒吧內，我們輪流站上撞球桌，吼出我們寫的故事，去和彈珠台、美式足球電視轉播的吵鬧聲抗衡。酒客的交談聲壓過我們。其中一個作家，叫寇瑞，她戴著厚厚的眼鏡，一邊訴說她外甥死於青少年白血病的故事，一面搖頭。眼淚沿著她長了雀斑的臉頰往下掉。醉漢對著電視咆哮，不以為意。這些人是玩電子撲克的啤酒客，沒人鳥我們在撞球桌上精心設計的、情感性的脫衣挑逗。

輪到我了，我念的短篇小說裡，有幾個服務生每次都在食物裡尿尿，然後才端給有錢客人。這段有一天會變成《鬥陣俱樂部》的第十章。我快念完時，有人轉低電視音量。沒人在打彈珠台。誰料得到？一個關於尿和屁的低俗故事贏得了他們的注意。他們聽進去了，而且聽進去的部分足以令他們笑出來。

過程：盜版

幾年前，陶德・道提——親愛的陶德，現今世上最優秀的行銷人員，他有個助手決定回去讀大學，拿電視寫作的碩士學位。那年輕人進了哥倫比亞大學，上課第一天便拍下課程指定教科書的照片，寄給陶德。

標題是什麼？《恰克・帕拉尼克的寫作建議》。書中收錄了我寫給丹尼斯・魏邁爾的網站「邪典」（The Cult）的文章。幾年前，那網站對我的關注令我喪膽，於是我想提供點文章給他，把網站瀏覽者的注意力重新引導到寫作的技藝上頭。總而言之，我寫了三十幾篇文章，而網站把它們放在防火牆後方，只讓訂戶閱讀。沒人真的賺到幾個錢。不知怎麼地，它們被摸走了。哥倫比亞大學下載、列印、裝訂它，還取了一個我從沒想要取的書名，印在封面上，然後向學生收取使用費。

那可不是什麼俄羅斯盜版網站，是紐約市的哥倫比亞大學。

這發現令我又欣喜又沮喪。碰到這種「沒人真正得到好處」的情況，我總是會做一件事，而這次我也去做了——群眾散播。我在和創作者，而且是靠作品版稅過活的那種創作者聊天時，帶進了這個話題。

在義大利曼托瓦，我和尼爾．蓋曼共進晚餐，他女兒剛從那裡的大學畢業。他對這話題似乎表現出認命但又抱持希望的態度：蓋曼提出的看法是，假如一個人喜歡某作家的書，而且是真的很喜歡的話，他最終就會買下它。他懷疑盜版猖獗的國家經濟狀況都很糟。經濟改善後，那裡的人民就會有更多可支配收入，總有一天會去買他們真心喜歡的實體書。蓋曼把免費的盜版書比喻成第一次免費注射的海洛因，運氣好的話，它會產生終生的毒癮。他建議我要有耐性。盜版造成的損失是做生意的成本。

這讓我想起在多倫多，一個平頭高個子拿了一本盜版的《窒息》過來。下載的文字印在標準尺寸打字紙上，用文具釘固定。他用很重的口音說我的書和史蒂芬．金是俄國最受歡迎的小書，但都不需要用買的。他接著站在隊伍中，拒絕讓步，直到我簽了他的「書」。

在我看來，這只像是一種假省錢的行動。除非印表機墨水、紙、裝訂在俄羅斯也免費，否則這男人其實花在他造出來的那本書上的錢，比買一本市場上流動的實體書還要多。他對這諷刺不當回事。後來還有一次，是更最近的事，一對烏克蘭來的年輕情侶也對我說了一樣的話。根據他們的描述，地鐵車上人手一本《鬥陣俱樂部》，都是他們自己印的。我向藝術家朋友提起，他們都搖頭。

作家面臨的盜版情況很惡劣，而漫畫創作者也有他們自己專屬的地獄。漫畫展充滿了一大堆畫匠，他們會販售粉絲自製的《地獄男孩》或《黑豹》盜版複製畫。這些都是業餘創作者畫的，畫技拙劣，印刷品質粗糙，要價五美金。當然了，上頭沒有作者簽名。所以囉……買家會把這些複製畫帶到藝術家專區（Artists Alley），請該角色真正的創作者／持有者簽名，賦予它真正的價值。當藝術家大膽指出歌舞伎[10]的其中一隻手並沒有比另一隻大，或者卡西．哈克絕不會用那種姿勢和驢子交配（是的，性化超級英雄然後霸凌創作者、逼他簽名以表示認可，是一個很大的工業），當創作者對他們的要求表現出畏怯和猶豫時，漫畫節就吃屎了。這是一個比喻，不是誰真的餵誰吃屎。

10　Kabuki，大衛．麥克創造的角色，祕密組織執法者。

當創作者拒絕為五美金仿冒品簽名，收藏家就會氣炸，指控創作者是自私的臭屌。是一個富有、貪婪的混帳，要求別人花大錢買他的真跡，那價格根本沒有工人階級的書迷可以負擔。也許還有羞恥感火上加油吧（沒錯，他們被唬了，買下蹩腳的贗品，還尷尬地被他們仰慕的對象戳破），這未來的收藏家會大發雷霆。創作者試圖保護生計，也保護賣給其他人的真跡的價值，結果被人在網路上咒罵、羞辱、公開嘲弄。所以囉，你不只得面對你的蝙蝠俠在幫你的羅賓口交，還會被當成壞人，因為你不跟著這笑話笑，不願為它簽名。

不，這些都不是令人滿意的答案，但它們帶給我慰藉。

有很長一段時間，你若想在紐約市聯合廣場的邦諾書店買薩爾曼．魯西迪的書，就得請結帳櫃台的人員拿給你。對，就像在雜貨店買菸那樣。如果沒人看管，我的書會被偷走。薩爾曼的書則會被帶到公廁，塞進馬桶。邦諾書店受夠順手牽羊的小偷，也對通馬桶感到作嘔了，因此書就被移到了櫃台後方。

大家如果知道埃德加．愛倫．坡的〈渡鴉〉是十九世紀最多人閱讀的詩之一，對我要講的事會有點幫助。它是那個時代的《格雷的五十道陰影》和《哈利波特》，不過愛倫．坡大概只賺了一百二十美金。那是他最早收到的一筆報酬，也是唯一的一筆。肆無忌憚的印刷業者不斷翻印那首詩，沒給他任何版稅。莎士比亞也得應付跑去看他戲的速記員，他們會用狂熱的速度抄下台詞，然後販售充滿抄寫錯誤的盜版劇本。

根據《地下經濟：透析全球網路拍賣、攤販文化、山寨仿冒、水貨走私、盜版猖獗的金錢帝國》的說法，正是這未經授權的莎士比亞盜印作品的洪流，把觀劇入場費壓到一元。又，可能是這一元的價格使這些劇碼長年受歡迎，讓它們的作者在大眾口味中保有一席之地，而且時間長達數世紀。

沒有盜版，威廉．莎士比亞可能早就被遺忘了。

喬治．羅密歐似乎也會同意。幾年前，我和他在西雅圖的殭屍大會上一起參加座談會，我們談到AIP製片公司發行他的經典電影《活死人之夜》，卻沒放版權宣告。它立刻變成公版作品。任何持有這份拷貝的人，都可以在不付授權費的情況下放映電影。任何人都可以拷貝、販售它。在錄影帶年代的初期，它是暢銷電影，因為不需要付授權費。羅密歐再也沒有從他的黑白經典傑作那裡收到一塊錢。

回想那段經歷，他不會感到不開心。著作權的喪失導致電影不斷流通。在戲院首播到發行錄影帶的期間，它一直都在某電影院的午夜場播放，但也賺到了足夠的錢來負擔製作成本，他說。而這部電影持續受到歡迎，也使羅密歐的名氣歷久不衰。它賦予他名氣，名氣為他往後的計畫吸引金主。如果那部電影沒有變成公版、爆發性地擴散，也許他這輩子只會拍一部電影。當時那狀況看似災難，實際上也許拯救了他的職涯。

製作地圖的製圖師，會在他們做的地圖上創造假城鎮。如果他們發現其他單位發行的地圖上出現了同樣的假城鎮，就會知道那是盜印的，可以採取法律行動。你可以把這方法放在心上，然後在作品中插入獨特的名字或詞彙，只要搜尋它們，就能將刊有該作品的網站一網打盡。點一下，你就會找到所有違法上傳的電子書。這是傳奇作家帕克·地獄寶貝建議我用的招數。

也許不是你想要的答案，但如果你是我的學生，我會告訴你，這就是你目前所能得到的最佳答案。

打書巡迴途中寄出的明信片

最後一個人總是出奇招。簽書隊伍拉長，左彎右拐，愈縮愈短，而他整個晚上都在一旁打發時間。也許他會消失在你的視線範圍內，但永遠不會真的閃人。書店人員會上前問他有沒有要找什麼，但他會揮手打發掉他們。他只是看看，他說。這種人一般都會在背包裡放一篇稿子。自從包可華為《美國之旅》提告（自己去查這件事）後，我們都超怕摸別人的稿子。特別緊張的作家會帶一個箱子放在伸手可及的地方。接著有人把稿子拿過來了，作家假裝興奮，然後請這最後一個人把他的「禮物」放到箱子裡。所有人都離開後，打書巡迴作家會請店家把箱子丟進垃圾桶。所有在場目擊者都能作證，作家從頭到尾都沒碰過對方主動呈上來的稿子。

向我提起旅館壁櫥（armoire）的人，是道格拉斯・柯普蘭，《X世代》以及其他許多好書的作者。

在平板電視普及以前，旅館電視都會放在假壁櫥內。這已成了旅館的老掉牙做法，我的經紀人有次甚至對我說：「壁櫥」這個法文字的意思是「藏電視的地方」。

經過柯普蘭指點，我才知道那位置有什麼祕密功能。那櫃子不會延伸到天花板，但高到大多數旅館女工懶得清理頂端。因此，每個打書巡迴中的作家如果收到稿子、自費出版的回憶錄，或任何塞到行李箱拖著旅行數週會嫌太大、太重的東西，都會塞到壁櫥的頂層——儘管這些是讀者好心贈送的禮物——比放進垃圾桶客氣一點。

在柯普蘭的催促下，我開始會檢查壁櫥上方。有了，就在那裡，布滿灰塵。昂貴的藝術書，親手織的毛衣，題有文學界最廣為人知的名字的美麗物件們，被拋在打書巡迴的馬尾藻海上。就像法老墓穴當中結滿蜘蛛網的內容物。

其他時候，最後一個人會送上較無害的東西。

在波特蘭，第一公理會教堂的隊伍都簽完名之後，一個年輕人上前來，開始發他的拍立得照片。他把照片扔到我面前桌上，它們拍的大都是睡著的老男人。有些是女人，很年輕，但很憔悴。他們全都擺著姿勢，閉眼，身體倚向一側，頭靠著漆成白色的層板。他解釋說，他在一家很有人氣的成人書店工作，店內預備了一台拍立得相機，隨時可拍下他們禁止入內的客人。作為舉例，他拋下一張拍立得照片，裡頭有個三十幾歲的男子，微笑著，身穿防風上衣。他微笑的下方用夏筆牌麥克筆寫著**品嘗者**三個字。

品嘗者長得跟我認識的大半軟體工程師和遊戲設計師很像，他如果是我的郵差或銀行分行經理也不稀奇。

根據最後一個人的解釋，品嘗者被禁止入店是因為店員老是發現他四肢著地，在舔色情區的地板。

孩子……別說我事先沒警告你。

我問：「那這些睡著的人呢？」我指的是那些老人和年輕女子，那些身體癱倒、眼睛閉上的人。

「他們不是在睡覺。」隊伍裡最後一個人對我說：「換班時，我們得回去檢查色情區裡所有電影播放隔間，而我發現他們時會先拍下照片。」他補充，「然後才叫救護車。」

更仔細地看，我發現他們膚色都很蒼白。臉皮鬆弛。白色層板是他們往旁邊倒下後靠住的牆面或隔間牆。

他說：「他們都死了。」老人自慰時心臟病發或中風。又或者，死者是女性性工作者，在色情電影小隔間內注射毒品，結果用藥過量。拍立得照片有好多好多張，他才剛準備在長桌上將它們排成幾排。他驕傲地說，有洛杉磯的藝廊邀請他展出。若將它們掛在牆上，排成與視線切齊的一列，它們很快就能繞藝廊一圈。

那晚過後，我又進行了一次又一次的巡迴，有天晚上，我在多倫多的章節書店

（Chapters bookstore）演講，談到那些拍立得照片，結果人群中有個年輕女子大喊：「那是東北珊迪大道和三十二大道交叉口的『綺想』嗎？」正是。她又大喊，令所有人感到愉快，「我**認識**那傢伙，我以前在那裡**擦洨**！」她接著解釋，她是加拿大人，在那裡打黑工，那是她唯一找得到的工作。

在這個不可思議、逐漸縮水的世界。在我的後半輩子，只要閉上眼睛都還是會看到那些死者的面孔。

在舊金山，最後一個人尾隨隊伍踩上卡斯楚劇院的舞台。一個穿西裝的金髮男子，乍看很尋常。接著就不是那麼一回事了。他那傢伙跑出來了。他不只是拉開拉鍊掏出那傢伙而已。在我招呼他前一個人、為對方簽書的極短時間內，最後一個人脫掉了衣服，從鞋子到領帶都脫了。裸體的他斥責我：「你以為你很奇怪嗎？嗯，那你就簽這個啊！」

他把他蒼白、透著粉紅的鳥甩到桌上。

楚門．卡波提的故事閃過我腦海：**不行，但我可以簽第一個字母……**不過，我還沒有徹底遺忘品嘗者的微笑，我退縮了。有個出版人曾說，某讀者在演員艾倫．康明打書巡迴時請他親自己一下。那個吻就像史蒂芬．金的血跡那樣建立了一個前例，康明該晚的下場是親吻幾百個讀者。

我可以預見這根屌被上傳到Instagram上，上頭有我的簽名。在皮膚上寫字很困難，沒道理地困難，而寫在鬆垮、起皺的陰莖皮膚上又更難了。大家忘了我的工作是寫作，不是簽幾萬隻屌。我有禮貌地拒絕了。

不管我做什麼，都沒辦法讓這最後一人開心一點。他兇巴巴地說：「我就知道你是個假貨。」他的回馬槍。

這讓我想起密西根州東蘭辛那次。三個高中生等到簽名隊伍消化完畢後才上前，當時是凌晨一點。我六個小時內要搭飛機離開底特律，還得回位於安娜堡的旅館，但他們懇求我。他們有個朋友幾天前出門要去吃披薩，一輛酒駕的車從側面垂直撞上他的車，撞死他載的朋友，也把他撞進當地醫院的加護病房。他們三個問我能不能過去一趟，打聲招呼，而且是現在就去，凌晨一、兩點。

不，我不會幫屌簽名，但我去了醫院。那裡昏暗又安靜，就跟任何凌晨的醫院一樣。那孩子留著一頭長長的黑髮，像特倫特・雷澤諾那種——其他部分都緊緊包在石膏和繃帶裡。他媽坐在他床邊。他沒死；事實上，我後來在打書巡迴上又遇到了他，長大後的他。他把頭髮剪掉了。

我進入病房，坐下，開始和做兒子的閒聊，做母親的出了房門到走廊上，還在哭，我從房間裡就聽得到。

五、賣書給美國人的幾個不敗策略

如果你是我的學生，我會知道你想要什麼：保證成功的公式。我呢，很樂意給你，但之後大家都會拿來用，然後……美眉文學原本是通往大紅大紫的金色門票。從《欲望城市》到《BJ單身日記》，這類型的書銷量非常可靠，賣到連出版業都更動了一些術語的意思。在過去，SF的意思是科幻小說（science fiction），不過《購物狂的異想世界》、《穿著Prada的惡魔》熱賣後，SF的意思變成了「購物與打炮」（shopping & fucking）。每個懷抱希望的作者和編輯都帶著各自的粉紅書封出版計畫湧向市場，有些作品並沒有具開創性的經典作品那麼好，有些實在很糟，就只是想要趕潮流。美眉文學市場就這麼被洪流淹沒，溺水，掛點了。

簡單說，就算我告訴你不敗的公式，過度使用還是會使它失效。

儘管如此，我還是會悄悄告訴你幾個經過考驗實證的模式，幾個美國讀者似乎永遠接受的路線。就稱之「給傻瓜的修辭」，好嗎？

首先，經典的美國暢銷書傾向描繪三個主角。其中一個主角遵從指示，害羞又友善，大致上是個多才多藝的好男孩或好女孩。第二個角色大大相反：他是個叛逆分子，會霸凌別人、破壞規則，總是急於占據鎂光燈。第三個人安靜、思想有深度，以敘事者的身分將故事訴說給讀者聽。

被動的角色會以某種方式自毀。

叛逆分子會以某種方式遭到處決。

深思熟慮的見證者留下故事的詳情，目睹兩人的命運後變得更為睿智，且隨時準備要將這警世的故事流傳給世人。

別笑。二十世紀的美國暢銷書都遵守這條公式，這是可舉證的。

在《飄》當中，保守低調的韓美蘭知道她如果試圖懷第二胎可能會喪命，然而，她癡迷地說：「可是衛希禮一直想要個大家庭……」猜猜誰在生產過程中死去了？在《娃娃谷》，美麗、順從的珍妮佛．諾斯是歌舞女郎，大多數時候是一片會走路的迷人風景，她會把賺到的錢寄回家，給跋扈的母親。當乳癌對她的容貌產生威脅時，她選擇服用過量的巴必妥酸鹽。《失嬰記》中，泰麗．吉佛里從高樓窗戶一躍而下，訴說真相的艾德華．哈欽斯遭到一群女巫謀殺。

注意：艾德華．「小屋」．哈欽斯同時也是這部小說的「槍」。他保住一命，消失在螢幕上，陷入昏迷，被大大地遺忘，後來在死前短暫恢復意識，給出關鍵情報。有點拙，但有效。

在這兩個例子中，順從型角色的自殺都導致反叛分子遭到處決。

有時候，處決不是真正的處死，女性角色面臨的處境尤其如此。郝思嘉發現人人躲她，她的流亡遭到丈夫、家人、社群的鄙視。她的孩子死了，她在絕望中被人趕走。同樣地，妮莉・奧哈拉這個用自己最愛的虛構角色幫自己命名的虛構角色（非常後設，賈桂琳・蘇珊小姐），也發現自己遭人排斥。她所有的丈夫都拋棄了她，一如好萊塢和百老匯。她是被毒品和酒精搞得頭昏腦脹的過氣人物，曾經拚了命想要贏得全世界的愛，下場卻是被所有人討厭。

也請你想想《春風化雨》的狀況，乖巧聽話的醫生之子開槍自殺。作風不正統的老師遭到放逐，安靜、旁觀的學生留下來成為兩種課程的證人。

《飛越杜鵑窩》的敘事者在書中大多數時間都不作聲，只旁觀，後來逃離療養院，訴說裡頭的故事。白瑞德離開郝家的混亂生活，回到查爾斯頓去。《娃娃谷》的見證者安妮・威爾斯個性沉著，又充滿學習欲望，後來拋下紐約，前往她極力逃避的新英格蘭——至少在電影中是如此。而尼克・卡拉維離開長島，回到他童年成長的中西部。

別以為我會放過這種可以取悅大眾的結構。《鬥陣俱樂部》看起來也許只有兩個角色，泰勒和敘事者。不過乖乖牌敘事者仍然自殺了，而壞男孩叛逆者還是被處死了。這兩個行動將兩者整合起來，創造出第三個充滿智慧的見證者，而他留下來告訴我們事情始末。

這給我們什麼教訓？不要太消極，也不要太強求。觀察其他人的極端行為，從中學習。那就是我們最愛的美國訓示。我的媽呀，它能讓書賣翻天呀！

要討論第二個不敗公式會……比較……棘手。

美國人不過就是些偷窺狂。身在窺視之國，我們特別愛看別人的慘劇。在一個前提下尤其愛看，那就是我們拋的媚眼令我們覺得自己是在做好事。我們得相信自己益發熱切的關心並不只是將人類的悲慘轉變為娛樂，而是實質上大大改善了人類境遇。

幾年前，我的編輯幫我和一個《哈潑》雜誌的編輯牽線。好編輯就是會這麼做：試圖讓你和比爾．比福特和愛麗絲．特納這種人搭上線，而他們可能會給你寫報導的工作，或買你的短篇小說，因而增加你的公眾能見度，拓展你的讀者群。我的編輯就這麼把我介紹給莎莉斯．柯恩了，她是《哈潑》雜誌「旅居」專欄的編輯。身為「不和諧協會」的忠實成員，我總愛進行城市探險和參加聖誕老人暴衝，這些莽撞的驚險活動似乎都很適合餵給她的專欄。

在我們頭幾次提案會議，柯恩便警告我：「別寫救贖。」她非常堅定地向我解釋，他們雜誌雇了新主編，而他頒布的敕令是，雜誌裡所有故事都不能有救贖性的結局。當時我猜新主編是個憤世嫉俗的吝嗇鬼。如今我猜他只是一個精明的判官，知道許多美國人想讀的作品長什麼樣子。

舉《憤怒的葡萄》為例。約德家族失去了田地，拚命往西遷徙。家族中最老的一代在旅途中過世，以不光彩的方式下葬。他們挨餓，他們被執法人員和不老實的勞工仲介欺凌。家族分崩離析，新生代出生便死亡，被丟入河中，甚至沒有埋葬，他們任他漂在水上，以羞辱世界。

何芮斯・麥考伊的《射馬記》也創造了同樣的案例。觀者面對的是其他人的悲慘境遇。而在六〇年代晚期和七〇年代，越戰、水門事件、膨脹型蕭條、石油危機的期間，美國人傾向失敗收場的探險故事。我聽過有人稱之為「浪漫宿命論」。在《洛基》、《週末夜狂熱》、《午夜牛郎》、《少棒闖天下》之類的電影中，角色們信心滿滿地走向他們的目標。他們努力奮鬥，盡了全力，但他們還是失敗了。

人喜歡看其他人受苦、失敗。也許這個關注失敗者的傾向可以解釋同一時期為何風行恐怖文類。從《失嬰記》到《天魔》、《魔屋》（*The Sentinel*）、《魂飛九霄》、《超完美嬌妻》，我們都會看到無辜者遭到他們認知外的邪惡力量凌虐、毀滅。

這公式會有一些小小變化，不過仍都是對某人苦難的窺淫。

比較一九七六年的電影《魔女嘉莉》和二〇〇九年的《珍愛人生》。兩者當中都有一個過胖的高中女孩（書中的嘉莉是胖子），和虐待女兒的母親住在一起。兩個女孩都受同學折磨，都被父親遺棄，都因霸凌開始暴食——嘉莉・懷特的母親要她吃東西，並說蛋糕造成的青春痘是神對她的一種懲罰。《珍愛人生》裡的母親叫女兒吃，就這樣，句點。

兩部作品最大的差異是，嘉莉・懷特具有超能力，最終得以屠殺那些折磨她的人，包括母親。而這些行為帶來的壓力使嘉莉的內心衰敗。

至於《珍愛人生》……女兒懷了父親的孩子，而且是兩次。生下患唐氏症的女兒，被母親毒打、被奚落、染上愛滋病，她被羞辱然後把炸雞吐到垃圾桶中，但她的超能力呢？她學會讀字。

重點：想多賣幾十萬本書的話，就要描繪白人教黑人識字。喜歡閱讀的白人認為所有人都該喜歡閱讀。此外，一個不識字的角色是對讀者的奉承。這是讓讀者產生優越感並同情角色的終極手法。最棒的是，它認可作為消遣的閱讀。無論是在《名揚四海》或《溫馨接送情》、《紫色姐妹花》當中，都有教黑人識字的情節，這招永遠、永遠不會過時。

所以囉，如果你是我的學生，我會叫你讓一個值得同情的角色受苦，然後再受更多苦，然後受更嚴苛的苦，永遠不要讓讀者和施虐者共謀，然後——故事結束。不要給救贖。大家喜歡那種書。

然後我會給你相反的說法。不要讓現狀一成不變。讓尼克・卡拉維對湯姆和黛西大吼：「你們這兩個臭屌！」還有：「黛西害死了麥特爾！」讓傑・蓋茨比從泳池中躍起，一把抓住槍。我們對失敗的成見是什麼？為什麼高端文學的結局總是很不幸？是因為希臘喜劇傳統毀滅？是基督教會迷戀悲劇嗎？如果作家致力於破壞典範的結尾方法，作家當中的自殺者和成癮者會少一點嗎？讀者當中的呢？

最重要的是，我會告訴你，**不要用死亡來幫故事收尾。你的讀者明天還得起床去上班。**殺死你的主角（我說的不是第二幕獻祭）是最廉價的收尾形式。

打書巡迴途中寄出的明信片

我的第一次給了瑪格麗特．布希曼。事情是在星期六辦成的，那時沒有其他人在。地點是福萊納卡車公司一樓的小小辦公室，當時我們都在那裡工作。那裡有個升降螢幕可以當成背景，而瑪格麗特帶了她自己的相機。那是個非常、非常炎熱的八月午後。我們老是開玩笑說如果我賣得出一本書，我們就來搞。於是我們溜進其他時候不會有人的大樓，真的做了。

瑪格麗特拍了我的第一張作家照。

我立刻就收到了反彈。那一年是一九九五年，在我心目中它仍屬於八〇年代，因此我穿著條紋的棉質高領衫。想像火箭炮口香糖附贈老漫畫裡的莫特（Mort）就對了。一件又厚又有菱紋的上衣，高領一路拉到我的下巴。衣服下面穿著一件黑色連帽衣，因此兜帽的部分從高領溢出。我提到氣溫了嗎？瑪格麗特調整好照明後，我已經流好幾桶汗了。她一直看著我，然後問：「你確定你要穿成那樣嗎？」

我梳著八〇年代惡名昭彰的稀疏劉海的某個版本，汗水讓它貼合在我額頭上，因此我每隔一段時間就要撥鬆它。我告訴她這樣很好。她說我看起來不怎麼放鬆。我們爭論了起來。

這個重大儀式——作者照，我期待好久的作者照，變成了不愉快的磨難。精裝版《鬥陣俱樂部》的打書巡迴上，有個訪問我的人看著書衣上的照片問：「你原本打算當什麼？太空人？」

一年後，出版商要我交別的照片給平裝本。這張是我朋友在我家花園拍的，背景有盛開的金線美人蕉。這次藏住我祕密的不是高領，而是立起來的羊毛外套領子，不過詳情我們後面才會談到。

作者照。它通常跟演員大頭照一樣陳腐，不過也有例外。想想楚門．卡波提用在《別的聲音，別的房間》上挑釁的照片。他看起來像男版的蘿莉塔，斜倚在沙發床上，用勾引的眼神直盯著攝影鏡頭。那張照片比書還受矚目。

我有個朋友，作家喬安娜．蘿絲，她在鮑威爾書店辦活動辦了好幾年。她警告我，放太具吸引力的照片，接下來就會有好幾年遇到失望的讀者。舉個實例吧，我有次參加高威國際藝術節。在後台，我瀏覽了一下活動手冊，結果有張照片令我屏息：這名女性有標致、蒼白的五官，以及黑鬈髮行成的狂野光環。她是傳奇詩人埃德娜．歐布萊恩。我等不及要見她了。

有個藝術節主辦單位的人悄悄對我說歐布萊恩不會現身，還補充說，節目單上的照片是一九五〇年代拍的。埃德娜．歐布萊恩本人會缺席，因為「她在倫敦，總算搞定她的疝氣了」，這是工作人員的說法。

在網路上搜尋照片有風險，你可能會被吸入日落大道兔子洞內——感覺就像：「她在那麼多諾瑪．迪斯蒙的環伺下怎麼有辦法呼吸？」

每個影像都標記了特定的時間和空間。戴金屬框眼鏡身穿破爛花呢夾克的我在科隆的一座橋頭堡附近拍下照片。留長髮穿黑色絲質T恤（比爾布拉斯牌，羅斯衣著便宜賣店買來的，七美元）的我，是克里斯．桑德斯拍的，地點在曼徹斯特的酒吧，我在那剛結束六小時的簽書會。他要我給他十分鐘，而我怒瞪他，因為當時是凌晨兩點，我已經半醉了，幾乎睜不開眼睛，而且隔天晚上在格拉斯哥還得耍一次一模一樣的猴戲。

作者照是凸顯虛構作品魔力的「現實」。對於花費「工夫」發明、執行出虛幻作品的人而言，照片是一種沉著、有洞見的證據，證明他們是內行人。這彷彿是成人版的年度學校合照，這些擺姿勢、打點過造型的我們，將會說服讀者：寫作真的是一門職業。這照片等於是演員的鞠躬謝幕。等於是表演者脫離角色，或更棒：等於是表演者取下他的假髮或假鼻子，打破第四道牆來面對觀眾，證明他有人性。透過製造這對比，來證明他具備天賦。又一次地，「真實」的事物似乎是為了強調前面那些「虛假」玩意兒的品質。

「對，」照片似乎如此堅稱：「所有的龍、戈爾貢等玩意兒都是這個看起來相當普通的人想像出來的！」這照片完全可以跟世界上的任何房地產經紀人的照片互換。

也許那就是照片本身如此不起眼的原因。沒人想要令自己想像出來的作品相形見絀。此外，當然了，同一張照片使用多年，用在不同書上，是一種品牌行銷手段。我們愛我們的艾蜜莉・狄瑾蓀托特包，以及約翰・葛里遜馬克杯，那些影像讓志趣相投的讀者能夠辨認出我們。

更不用說這些照片本身已經成為商品了……某次打書巡迴，我的行程被攝影占滿，每半小時就得見不同攝影師。我讓一個人拍我，另外兩、三個則在一旁等待。他們各有各的器材裝備，每隔幾步就擺著一組。我問其中一個人他是幫哪個出版品拍的，他搖搖頭。這些照片並不是拍給特定報章雜誌的。他說：「蓋帝圖像（Getty Images）現在願意大量購買你的照片。」意思是，我的出版商算是用半小時的間隔把我出租給投機的業餘攝影愛好者。他們所有人都希望拍幾張我的照片，好賣給世界上最大的影像庫。這有助於承擔我的旅費。

我為了《*Vogue Homme*》躺在某車庫的油膩水泥地上的幾片碎鏡上頭，而一個俄羅斯藝術總監站在攝影師旁邊不斷重複：「就是那畫面，拍那個就對了！拍那個！」

在英國，有個攝影師叫我不要微笑。拍攝地點是布萊頓玉米交易所，一棟巨大建築物內的倉庫，巨大又昏暗。我一直微笑，他一直請我不要微笑。最後我問為什麼。

「因為，」他對我說：「你微笑的時候看起來很傻氣。」

有這句就夠了。我停止微笑。

克里斯・桑德斯在曼徹斯特的酒吧拍下那張照片後，我剪了頭髮。如此一來，我又得拍一張作者照，而我姊幫我拍了，在戶外，她家露天平台上。如果你看到背景有幾根松樹針葉的照片，那就是了。這張我用了好幾年，陳腐到不能再陳腐，一種作者照的原型。

開始幫漫畫和著色書寫作後，我的作者「照」變成了圖畫。純粹滿足我的私心。某個畫超級英雄的漫畫家畫了你的圖之後，你永遠不會想再回到現實。

最近最近的一次，是亞倫・阿馬托幫我拍的照片，適度地令人開心：很棒的畫面，不過就跟《花花公子》上的任何內容一樣，都經過擺布和潤飾。

然而，人生不外乎是打造品牌和行銷。包裝和重新包裝。去年我的出版社要求我提供新的照片。我心中有什麼東西啪擦一聲斷了。

有朋友建議我找攝影師亞當・李維，他幫NIKE拍了很多照片。作者照和警方拍的嫌犯照都給我同一種印象，就是「毒蟲照」的旁系。一九九五年那件黑色連帽衣仍在我手上，我永遠緊抓著那些衣服。萬聖節快到了，商店裡充滿刺青貼紙。我理了光頭。

自從開始出書以來，我一直試圖藏起某個部位。我的脖子。我的脖子很長，所以我才挑高領和立領的衣服。這回我放棄了。為什麼作者照不能是張醜照片？我納悶。上網搜尋，發現最棒的囚犯照是兇狠、悲劇、滑稽的結合物。

我用刺青貼紙蓋住我的半邊脖子、半張臉、我的光頭。亞當・李維播放湯姆・威茲，音量轉得很大。我不走埃德娜・歐布萊恩的路線。

去找找那張照片吧，出版商很愛它。一個星期後就不愛了，還說那甚至可能影響書的銷售。我們現在正在協調，看新版的新書封作者照是不是要拿掉囚犯刺青。

六、那何必寫？

湯姆會告訴你，如果你寫作是為了達成其他目的，那你不該動筆。所以囉，如果你寫作是想要買個大房子，或贏得父親的敬意，或說服薩爾達．塞爾嫁給你，那就算了吧。有更簡單、更快速的方法可以達成你的真正目標。但如果你想寫作是因為喜歡閱讀和寫作，你可以想想下列這些報酬。

何必寫？治療

湯姆把他的手法稱為危險書寫。就我的理解，他的想法是，人可以利用寫作去探索生命中未解決的、具威脅性的面向。你寫的所有東西都算是某種日記。無論它表面上如何偏離你的人生，你還是基於某種理由去選擇主題和角色。不管你寫什麼，還是在表達自己的某個面向，只不過是用經過偽裝的方式。你受困其中。

你不需要從自己最糟糕的祕密開始寫，先寫一些無力解決的事情就行了。舉個適當的例子吧，我以前有個鄰居，我們大家都可能有的那種鄰居。他日復一日用超大音量播音樂；當然了，那不是包浩斯（Bauhaus）或任何像樣的東西，但他放得超大聲。如果在某個晴天午後，我決定修剪草坪（用的是電動割草機），她會打電話給市政府，叫我去市政府委任的鄰居糾紛調解會談我製造的噪音。其他鄰居警告我她有點難搞。有幾次我走出淋浴間，發現我的廁所窗戶框著她的臉。我伸手拿毛巾時，她會向我說嗨。超毛。

她很愛那棟房子。那是一棟很漂亮的房子，地點很好。她經常跟人說她會死在這裡。我沒錢可以搬家，於是寫了《搖籃曲》。這本書中，有個人被大量迷因圖和討厭的音樂主宰，情節的中心是一首大聲念出來就會害死人的詩。解決不了的問題，我誇大它，將它編織成最瘋狂又合乎可能性的劇本，最終解決問題，起碼在紙上解決了。這過程使我分心，不再去想隔壁的音樂。事實上，我以我的惱怒為養分，我把我感受到的怒火拿去做書的燃料。

行為心理學家有個術語叫「洪水療法」，別稱「延長暴露治療法」。比方說，如果你害怕蜘蛛，他們可能會把你放到充滿蜘蛛的房間。你一開始會恐慌，但待得愈久，你的反應就會變得愈小。你會適應牠。你的情感會自己磨滅。寫《搖籃曲》就是我讓自己臣服於洪水的過程。我交稿給出版社時，噪音和音樂還在，但我已經幾乎不會注意到它們了。

奇蹟發生在我打書巡迴期間。我回到家後，發現隔壁空無一人。幾個鄰居說曾經有搬家公司的卡車過來，打算住在那裡住到死的音樂愛好者搬走了。

很令人發毛，但有效。**你一旦運用故事或小說來探索、誇大、消磨個人難題，那難題彷彿就消失了**。那不是魔法，我不保證會有奇蹟發生。但你對那主題或情境的個人情感會使你持續投入、書寫，就算沒有其他回報，就算得不到錢或認可你也會照寫。這是我解讀湯姆的哲學的方式。不論你要不要稱之為淨化作用（catharsis），都還是可以把寫作當成一種工具，從心理層面去解決「物理層面無法解決的問題」。預收你的薪資報酬吧。

何必寫？駕馭你的心猿

你還記得原版《星艦迷航記》電視影集的其中一集嗎？內容關於企業號船員撿到了一個機器人。說是機器人，它看起來可說是一個飄浮、長著天線的銀色盒子，功能是偵測宇宙中有缺陷的生命型態，並且摧毀他們。基於它被設定的原始指令，這機器人老是追著它認為有缺陷的船員，用雷射光把他們燒個精光，同時不斷重複：「絕育！必須絕育！」

為了化解危機，寇克船長要求機器人計算圓周率，而且要算到最後一位。這項工作令它投入所有機能，連帶撇下了原本的任務。史考特或是某個人用傳送器把忙於運算的機器人送到船外頭，然後用光雷摧毀它。他們就這麼避開了大屠殺。

我們腦中都有這麼一台惱人的機器人。佛教徒稱之為「心猿」，牠永遠不歇息。心猿總是苦惱、總是吱吱叫個不停，使我們分心，將我們逼瘋。你不可能讓牠安靜下來，那麼何不用寇克船長那招呢？

給心猿一項浩大、變化無常的工作，讓牠忙個沒完。構思虛構的緊要關頭，就等於叫機器人計算圓周率到最後一位。而且這心猿不只得解決問題，牠還得創造、發展問題。當你控制住腦海中那吱吱叫個不停、持續解題的小聲音時，一種奇妙的平靜感就會接掌你的生活。

如果你很容易操心，寫作可以把你的緊張焦慮轉化為資產。

何必寫？看似小的大事

美國的太平洋西北地區有一大堆河狸。河狸會使所在流域變得光禿禿。河狸會啃斷剛種的幼樹。獵人捕河狸捕到牠們快絕種以供應製帽用的毛皮，已經是一世紀以前的事了。是什麼拯救了河狸？不是爭取動物權的運動或抗議。不是瀕臨絕種動物訴訟。都不是，拯救河狸的是流行風潮的改變。

真絲帽變潮了。河狸變得過時了。這只是一個例子，讓你知道敘事中看似浮華、愚蠢的變化（沒人再穿河狸皮了！）也是可以形塑新的存在之道。**虛構作品可以提供讀者新的存活方式，給他們新的目標和價值觀，而且那些新觀念會比現下的舊想法還要貼近他們。**

何必寫？看似大的大事

我有個朋友曾和我聊起他父親的死。他拿著錄音機坐在垂死父親的病榻旁，鼓勵他把以前的家族故事說出來，流傳給後代子孫。終點近了，房間內只有他們兩個和錄音機，我的朋友瑞克哄父親繼續說話。到了一個關頭，他的父親停下來說：「我知道你想要更多故事，但我得聽聽查理要什麼。」

他說他的哥哥查理，也就是瑞克的伯父，已經站在房間角落耐心地等了好一會兒。當然了，在瑞克看來，他說的那個角落空無一物。房間裡只有瑞克和他父親。再說，他的伯父已經過世很久了。他父親向查理打招呼，並問起他的事，瑞克則等待著。就在這時，瑞克的父親沒再多說一句話，閉上眼睛，死了。

這場面被錄了下來，但瑞克沒有膽子倒帶、重聽一遍。

我很愛說這件軼事，因為會吸引許多類似的故事。麗莎聊起她哥垂死的情況，說他的狗在他死亡那刻開始嚎叫。然後狗陷入沉默，似乎看著上方的什麼，接著轉身，然後跟著那東西離開，視線一直朝著天花板，通過一個又一個房間，最後牠到達敞開的後門。狗站在門邊，瞪著前方，視線彷彿跟著某物飛向天空。

還在學校的時候，我會和朋友嗑搖頭丸然後去英屬哥倫比亞的溫哥華跑趴。這是世界博覽會前的溫哥華，在那裡的開銷低，固蘭湖街上開了一堆廉價旅館。我們這群小鬼嗨到睡不著，圍坐在黑暗的旅館房間內輪流訴說目前生命中碰過最奇怪的事情。我有個朋友叫法蘭茲，高三那年才認識的。他說了某年夏天爸媽要他去家族朋友那裡工作的事。他住在蒙大拿的布特，但他們把他送到西邊四百英里外的花店工作。他和店主住在一起，後來有天早上，天還沒亮，他們就在好幾輛廂型車上裝滿花，浩浩蕩蕩開入黑暗之中。

他們開進沙漠，沙子和山艾組成的荒原，開著開著，到了一段孤零零的鐵路支線旁。上頭沒有火車，只有鐵軌浮現在黑暗中。他們等待著。晨曦照亮地平線的同時，一輛美鐵客運列車出現了。它停在他們的車隊旁，而法蘭茲的老闆指示員工裝飾列車。他們將大量花朵垂掛到車廂兩側，然後將花圈掛在火車頭上。乘客睡眼惺忪，因車班延誤大發牢騷，吼出各種抱怨，而法蘭茲只能以聳肩回應。

這時一支汽車車隊抵達了。有一名風笛手爬上火車頭，在第一道晨曦中，對著四面八方的沙子開始演奏。置身在沙漠的寒冷中，大家往往會忘記的那種寒冷，白晝酷熱的反面。新娘從另一輛車現身了，另外還有個新郎，和婚禮賓客。法蘭茲發放花束和胸花。婚禮賓客跟著一名牧師和風笛手爬上火車頭，婚禮開始舉行了。

新娘和新郎一接吻，法蘭茲和他的同伴就開始拆花。新婚夫婦開車走了，車隊跟在後方，火車繼續上路前往聖路易斯。

在一間廉價旅館內、一群嗑茫的朋友身邊聽到這個故事讓我大受震驚。不只是因為搖頭丸，也因為我認為法蘭茲在整我，用一流的整法。他描述的婚禮在十幾年前舉辦，而當時我只認識他幾個月。我知道婚禮的日期，因為我人就在場。那是我父親的第二個婚禮，他鐵了心要把它搞成特技表演，好惹惱我親生母親。她離婚後就不曾再嫁了。那時我是個孩子，身穿丹寧布休閒西裝（自己去查查那是啥吧），當天還有個年紀跟法蘭茲一樣大的孩子幫我在翻領上別了一朵白玫瑰，風笛那尖叫般的樂音盈滿寬闊、平坦、冷得要命的地景。

許多年後，在好幾英里外，他會成為我在奧勒岡大學的死黨之一。這機率有多大？這不只是我的故事。這也是一個誘餌，或者種子，我會用它從別人身上套到更驚人的故事。

我們費心收集故事還出自其他理由。因為我們的存在是不可能性、無情理性、巧合性的持續氾濫。我們在電視上、在電影裡看到的情節經過稀釋，好讓它顯得「可信」。在訓練之下，我們都過著不斷否定奇蹟的生活。只有透過訴說故事，我們才能稍稍領略人類的存在事實上有多麼非凡。

你阻斷這些故事，等於是接受一個陳腐版的現實。而人總是利用這種現實來架構奇蹟除皺紋霜和奇蹟減肥藥丸的廣告。我們否定人生的真實魔力，彷彿是為了能夠兜售消費性產品的虛假魔力給彼此。又一個商店取代教會的例子。

如果你是我的學生，我會叫你抗拒「可信」之物，尋找你四周實際存在的奇事。我會叫你讀艾咪．亨佩爾的〈收穫〉（The Harvest），並去發掘作品中所潛藏的、作者認為夢幻到讀者難以接受的真實。

我會力勸你別用虛構作品當作社會工程的工具。讀者不需要整頓和維修。相對地，我會提醒你湯姆．史班鮑兒下過一個指令：**你要寫一個分水嶺時刻，過了之後一切都會改變的時刻。**

打書巡迴途中寄出的明信片

他的大衣是你平常不會在美元樹[11]看到的那種，所以我才注意到它。首先他出現在第七走道的蠟燭區，然後又出現在第四走道的浴室用品區，這年輕人穿的大衣有一道立領，看上去像是圍著脖子小籬笆、小牆。而且大衣很長，齊瓦哥醫生級的長度，延伸到膝蓋下方。接著這件大衣晃到第九走道，站到家用五金零件區前。後來它又出現在第十一走道的禮品包裝紙區，可見一定是在跟蹤我。

讓人盯著並假裝沒注意到對方，是一種美好溫暖的感受。被人跟蹤，但是對方做法讓人舒服。那是被人當作商店扒手的相反，不過我也嘗過被人當成小偷的感覺。很多次。總之不是那樣的，如果你是公眾人物，那感覺就像變成小孩，並且要求：「媽，看我！媽，妳有沒有在看我？」盯著你的眼睛是一種認可。它們會把任何尋常差事（買緞帶和盒子來包裝生日禮物）轉變為優雅的演出。

11 美國連鎖廉價雜貨商店。

過去我不是這樣的。如果電視記者想要輔助鏡頭，比方說，如果他叫我放鬆，隨意地走在草地上，我的每一步都會踉蹌。我的雙手會亂揮。

我不會再那樣了，我那貪婪渴求關注的一面會吸收鎂光燈的光，它賦予我崇高的安詳。就算在美元樹也一樣。

那件顯眼的大衣就立在我視野外圍。

我們都想成為別人追求的對象。這類似每隻狗都會試圖讓沒被鍊子拴住的狗來追自己。此刻，大衣愈變愈大了，最後它站到我的手肘邊。我的嘴巴已準備好要吐出一些親切的話語。某種謙遜的話，也許我會搭配滿懷感激的悅耳語調。這些邂逅總是讓人覺得像是得了奧斯卡獎。

有一次呢，那次是和大衛．塞德里在巴塞隆納，我抱怨說讀者湊過來的時候，我真的不知道要說什麼。塞德里看著我，聳聳肩。「什麼都別說。」他告訴我，「你已經透過寫作分享你的想法給他們了。遇到讀者時，就是輪到你傾聽的時候了。」

我準備好要沐浴在盛讚之中了。我迎接那噴湧。

「帕拉尼克先生嗎？」大衣老弟問。他很年輕，比我矮。「我有次去了你在百老匯書店的朗讀會……」

他指的一定是我們第一次策劃的成人睡前故事。我們包含莫妮卡．德雷克、雀兒喜・肯恩、莉迪亞・約克娜薇琪，和我。那天客滿，大批人馬根據指示穿了睡衣和浴袍過來。我們要所有人繞著街區比賽跑步，一家電視台拍下了片段。為了百老匯書店的活動，我訂了一箱箱超大的動物填充玩偶。一隻隻大如駱駝的長頸鹿，跟遊樂園獎品一樣的尺寸。還有獅子、白老虎等等的，大到讓抱著它們的成人顯得嬌小。雀兒喜帶了兔子拖鞋給我們所有人。穿著兔子拖鞋跑在人行道上實在有夠三八。

我聽著他說話。

「朗讀活動的前一天，」大衣老弟說：「我哥死了。」

我真的在聽。

「我和他感情很好。」這男人說：「我很震驚。不過我手上有票，也不知道還能做什麼事。我就去了。」

這些話語縮小了我，使我整個人只剩下耳朵。

「我不知道要怎麼繼續活下去。」他說。

我說什麼不是重點。我能做的就只有聆聽。

「我站在那裡。」那男人說：「而你給了我一個巨大的企鵝填充玩偶。」他微笑。

「在那時，我發現人生還是有驚奇，好事還是會發生在我身上。」

湯姆總是對我們說：「你要寫一個分水嶺時刻，過了之後一切都會改變的時刻。」

我們的生命會被如此荒謬可笑的時刻拯救。語言沒有任何幫助，尤其是文字的部分。

當時也許我們握手了。誰知道呢？我很確定我們握手了。卓越的一刻發生在美元樹。這陌生人並沒有表露過分天真的模樣，也沒有舌頭打結，他才是親切和藹的那一方。而我吞吞吐吐，結巴個不停。

我的喉嚨，真是怪了，我的喉嚨好緊。我得說些什麼。我震驚地站在原地。

他搶走了我的角色。

「語言，」湯姆老師這樣教導我們，「語言是我們的第二語言。」

年輕人準備要走開了。接著他走了，第十走道，第九走道。

我從他身後叫住他，我想說：「謝謝你。」

你得說話，不然你的腦袋會變成一座墓地。

我大喊：「那件大衣很棒！」

遇到讀者時，就是輪到你傾聽的時候了。——大衛・塞德里

七、書單

書單：虛構文學

我參加的第一堂寫作工作坊的指定閱讀書籍是約翰．加德納的《小說的藝術》，我在這本書中從未論及或提到。感謝上帝。它不斷提起經典文學，令我暈頭轉向。我發現大多數作家可以分為兩派，第一派來自學術界，用非常少的情節動能或驅力去寫高超的作品。第二派來自新聞界，用簡單、清晰的語言描述動作和緊張感都很豐富的故事。

我拿的是新聞學學位。我的手法，很新聞學。我不讀約翰．多恩，而是讀賈桂琳．蘇珊。大多數人大量閱讀的，都是低眉（lowbrow）路線的書。我希望這本書能吸引對加德納那類書無法招架的讀者。同樣地，我在此推薦的大都是短篇小說集和篇幅較短的長篇小說。要對短篇小說施行逆向工程比較容易。你可以讓整個故事停留在腦海中，發現每個用字的意圖。

以下書籍依字母排序：

《飛船》（*Airships*），貝瑞．漢納著。

《死者的營火》，彼得．克里斯多佛著。

《大教堂》，瑞蒙．卡佛著。

《溺斃》（*Drown*），朱諾．狄亞茲著。

《遙遠的地方》（*Faraway Places*），湯姆．史班鮑兒著。

《X世代：速成文化的故事》，道格拉斯．柯普蘭著。

《心火》，諾拉．艾芙倫著。

《短篇小說集：貴賓》（*Honored Guest: Stories*），喬伊．威廉斯著。

《耶穌之子》，丹尼斯．約翰遜著。

《無遠弗屆》（*Miles from Nowhere*），穆南宜著。

《紐約奴隸》，塔瑪．賈諾維茲著。

《酸臭之屋》，歐文．威爾許著。

《艾咪．亨佩爾短篇小說集》，艾咪．亨佩爾著。

《熱愛生命是個傻念頭》（*The Folly of Loving Life*），莫妮卡．德雷克著。

《短篇小說集：世界底部的冰》（*The Ice at the Bottom of the World: Stories*），馬克．理查德著。

《告密者》（*The Informers*），布列特．伊斯頓．艾利斯著。

《短篇小說集：那天晚上》（*The Night in Question: Stories*），托拜厄斯．沃爾夫著。

《短篇小說集：靜止的拳擊手》（*The Pugilist at Rest: Stories*），湯姆・瓊斯著。

《短篇小說集：透過安全網》（*Through the Safety Net: Stories*），查爾斯・巴科斯特著。

打書巡迴途中寄出的明信片

讓我見識未來的人是大衛．斯考爾。這件事證明了世界有多小：我在波特蘭認識大衛，他住那裡時的室友正是第一次（希望那是最後一次）幫我開驚喜生日派對的朋友。他是最早開野放（Wild Abandon）餐廳的七個合夥人之一，堅持所有碟子都該用白色的，其他合夥人卻想折衷地混用好意（Goodwill）二手商店買來的碟子和盤子。他們做生意做到沒備妥足夠的錢支付工資稅，差點因此倒閉。我們剛認識時，我根本還沒提筆寫字，更不用說加入寫作工作坊了。後來我成為一個作家，會去跑打書巡迴，而大衛．斯考爾成為書店管理階層，在世界各地旅行，開設邊界書店的新分店。他住在伊普西蘭提，當我的打書巡迴帶我通過安娜堡時，他就會基於往日情誼現身。

邊界書店請我拍一支影片，內容是逛書店，然後幫忙兜售一些我的推薦書——適合在即將來臨的夏季閱讀的書。我反過來給他們一個提案。我不要那樣拍，而是要假裝拍一部教學影片，教你如何避免「庫存損害」。過程中，我會選出一些書，對鏡頭說它們超棒的，可能會成為小偷下手的目標。接著，我會假裝順手牽羊，把書塞到我的褲子裡，然後再去推薦下一本書。

我們的標語：「你是在把《耶穌之子》塞在褲子裡，或者你只是看到我很開心？」大衛和我一起規劃完畢，然後他讓我見識了未來。

他指的是邊界書店很快又要開始打造的新連鎖書店——太空時代的書店——的原型。這是第一個等比大模型屋，位於郊區，從安娜堡市區那棟磚造屋開車就能到。新店占地也許只有現在這個倉儲式商店總面積的八分之一。他帶我走進一個隔間，沒比7-ELEVEN大的空間。幾面牆上有架子，擺著現在的暢銷書，不過沒有其他書的影子。相對地，那裡有一台巨大的機器，長得像過大的影印機，它列印出任何客人想要的書。封面的模樣根據顧客選擇而定。一切只需要幾分鐘就能搞定。

這間店也許有一半的空間都保留給作者露面活動了。那裡鑲了木頭牆板，鋪了地毯，弄得很妥貼。一排椅子面對著螢幕，螢幕下方有某種內建式的螢幕。「那是給魔筆（LongPen）系統用的。」他解釋。這是瑪格麗特．愛特伍想出來的主意，她不想打書巡迴到進墳墓為止，但又想跟讀者互動。靠著它的運作機制，愛特伍（或任何作家）得以坐在家中即時地把作品呈現給讀者。螢幕上方裝著攝影機，會把觀眾的畫面傳到愛特伍的顯示器去。她可以回答問題，朗讀她選的作品。最棒的是魔筆系統的筆。讀者只要把書放在這張固定的桌面上，作者就能遠距題贈、簽名。

愛特伍或任何使用該系統的作者得握著電腦觸控筆。而邊界書店內由電腦控制的筆會降到書上。愛特伍不管寫什麼，系統都會指揮書店內那支筆，在書上題贈、簽名。

讀者與作者互動的影片會被歸檔到網路上，讀者之後便能下載，作為紀念。大衛解釋，主要的難關是，你得說服世界各地親筆簽名領域的權威，使他們認定遠端遙控簽名也構成真實、合法的簽名。已經花了好幾年說服他們，不過最後法院裁定魔筆的簽名是貨真價實的簽名。邊界書店即將推動作家宣傳活動的革命。

這些尺寸適中的店家將進駐到世界各地，而作家會出現在裡頭的螢幕和電腦上，幫讀者簽名。隨需印刷機器將會排除運送麻煩和庫存壓力。瑪格麗特．愛特伍可以待在多倫多的家中，再也不用把自己拖到世界各地去了。大衛為自己感到驕傲也是有道理的。未來如此燦爛。

然後邊界書店就垮了。

然後胰臟癌從我們手中奪走了大衛。愛許多人的問題是，你會失去許多人。

瑪格麗特．愛特伍，我在路上的時候會繼續尋找妳的身影。願妳對魔筆的投資總有一天會有成果。目前它的成功之處僅限於讓判刑的罪犯在獄中舉辦作者見面會，少有其他用途。

願上帝保佑你，大衛・斯考爾。願你那許許多多的墓穴，會有其中一個永存於我的腦袋裡頭。

書單：非虛構文學

別說我沒先警告你。有個慈善晚宴邀我去朗讀，我讀了〈羅曼史〉，並發現台下好幾桌衣冠楚楚的捐款人當中，有個男人聽著我的故事不斷大笑，故事中那個關於癌症的悲傷笑話讓他笑得尤其開心。老天呀，結果主辦單位幫我帶位時正是帶到那桌去。沙拉送上桌時，他描述他的飛機在稍早下午抵達時的情況。飛機開始朝波特蘭機場下降時，他正在喝一杯紅酒，而他隔壁有個長舌的女人一直在說她有多愛紅酒。她愛紅酒愛一輩子，每天晚上至少都會喝一杯，直到幾個月前。那時，就算只喝一小口都會讓她的喉嚨產生灼痛感。很快地，那疼痛強烈到讓她放棄喝酒，任何一種都不喝了。紅酒、啤酒、烈酒，都會灼痛她的喉嚨。於是……她認定是上帝不想讓她喝酒了，如果這是上帝的旨意，那就沒差。她瞄了一眼男人那杯紅酒，然後告訴他，她還是希望自己喝得了酒。

慈善晚宴的男人說話很大聲，知道要怎麼推動故事。這種人值得研究。就算那故事不會帶來好的回報，你還是可以從他的步調和口吻學到招數。我聽著。

他回應鄰座長舌女人的方式是，喝完剩下的最後一點紅酒。他解釋說他是一名腫瘤學家，專攻罕見癌症。她稍早向他描述的——飲用酒精飲料時的灼痛感，正是癌症醫師所謂的

「金絲雀指標」。那是一個不可能誤認的初期徵兆，顯示她罹患了霍奇金淋巴瘤。他建議她一下飛機就打電話給她律師。律師，不是醫生，因為她很久以前就有這些症狀了，她只剩幾個星期能活。她得寫遺囑和安排葬禮。

他告訴大家，他說完那些話後，女人就沒那麼長舌了。他給了她名片，一天後，她的初級醫療醫師打電話給他說：「你說得對，她很快就要死了，但你告訴她的時候可以別那麼混球……」

一小段資訊就是可以用這麼快的速度永遠改變你的認知。在你的後半輩子，你喝酒時的第一口啜飲都會像切片檢查一樣愉快。但你的第二口——你的第二口嘗起來會比你嘗過的任何第二口酒都還要美味。嘗起來就像健康的味道。

接下來的書都會帶給你類似的效果。它們會損壞你思維方式中的某些預設值，但也會讓你更加了解某些你一直以來都視為理所當然的事物。

《命喪黃石》（*Death in Yellowstone*），李．惠特希著

《禁語：語言的禁忌和審查》（*Forbidden Words: Taboo and the Censoring of Language*），基斯．雅倫與凱特．布理姬著

《從儀式到劇場：人類表演的嚴肅性》（*From Ritual to Theater: The Human Seriousness of*

Play），維克多．特納著

《硬蕊：權力、愉悅和「可見的狂熱」》（*Hard Core: Power, Pleasure, and the "Frenzy of the Visible*），琳達．威廉斯著

《藝術碩士學位vs紐約市》（*MFA vs. NYC*），查德．哈巴赫編

《書頁恐怖：名作家的怪癖與戀物癖》（*Page Fright: Foibles and Fetishes of Famous Writers*），哈里．布魯斯著

《禮物的美學》，路易士．海德著

《開班時代》（*The Program Era*），馬克．麥格爾著

《生命儀禮》（*The Rites of Passage*），阿諾．范．蓋內著

《儀式過程：結構與反結構》（*The Ritual Process: Structure and Anti-Structure*），維克多．特納著

《主權國家的外人：十九世紀美國文學，（非）論述形構與後無政府主義政治》（*The Sovereign Outsider: 19th Century American Literature, (Non-) Discursive Formation and Postanarchist Politics*），馬菲亞斯．哈根．柯尼希著

《惡作劇者創造這世界》（*Trickster Makes This World*），路易士．海德著

又一張打書巡迴途中寄出的明信片

我時不時會問自己：「你就要在這裡止步了嗎？」我會避免讀書評，因為無論好壞，它們都會把我的腦袋搞得一團亂，引發狂熱或憂鬱。不過時不時會有人拿書評來給我看，把最棒或最糟的一則攤到我面前。沙龍（Salon）網站貼出《孤島日記》的書評時，我問自己：「你就要在這裡止步了嗎？」

教學一直都是個選項。上天保佑我父母——我上次辭掉福萊納卡車公司的正職（在那裡的十三年，我大致上很愛我的工作和同事）時，我媽和我爸堅持要我從工會那裡提取款項，但不要完全退保。因此我仍然是汽車工人工會的成員，資格還在，我還有一張護貝卡可以證明。寫作令人血脈僨張，它是我從小夢寐以求的工作。但人活在世上會遇到鳥事。

很糟的鳥事，任何作家都無法想像地糟。

我的出版社對我說，你絕對別提起聖地牙哥發生的事。事發之後，他們承諾要派保鑣給我，因此有段時間，打書活動一結束，就會有保全人員一左一右站到我旁邊，帶著我飛快離開書店，坐上外頭等待的車。

過去十多年，我一直試圖要把聖地牙哥的爛事攤在陽光下，想剔除我在這場災難中的責任。

也許那時我祖露太多真心了。聖地牙哥，我在這裡說是在聖地牙哥，但其實是在埃爾卡洪。但誰知道埃爾卡洪？剛剛提到的那家書店，在我的活動不久前舉辦了蘿拉·史萊辛爾的活動，當時蘿拉博士仍是一號人物。經理不斷告訴我：「你比蘿拉博士還要有人氣。」她那天有八百名讀者。那是量販店購物中心裡的大店面，天還亮著，我得站到人群中央微微轉頭才能看到所有人。

我講沒幾句廢話，就看到人群外圍的人了。特定的幾個人，站立間距差不多，手上拿著一大張標語板，螢光粉紅、淺藍、淺綠色的板子。他們雙手將板子高舉過頭。標語上寫著字，他們不斷原地轉圈，緩慢地轉，展示著那些訊息。每次我冒險望過去一眼，某個牌子都會轉向我看不見的角度。那時我是在朗讀嗎？還是在回答問題？我忘了，不過總之那次提問的人，都會收到一個沉甸甸的鍍金皇冠作為禮物。

皇冠外側有各種顏色的玻璃製假珠寶，裡頭襯著白色緞子。我事先寄了十多個這種大皇冠到書店去。簽名簽在緞子上。我覺得它們看起來很有型。

在我做事和說話的空檔間，我瞄到其中一塊霓虹標語板了，上頭寫著：你們知道恰克．帕拉尼克在一九八七年強暴並殺害了一個九歲小女孩嗎？

不只是那塊標語。所有高舉過頭、緩慢轉動、部署在店內各處的標語……都做出同樣的宣告。

情況相當棘手，這還算客氣的說法了。我震驚過頭了，不覺得遭到冒犯。這感覺起來像是某種惡作劇，畢竟我看「不和諧協會」惡搞整座城市已經看了好幾年。比方說，竄改蘋果公司布告欄上那巨大的愛蜜莉亞．艾爾哈特的特寫照，讓上頭的字句變成「思考毀滅」（Think Doomed[12]）。或者在某個復活節早晨策劃一齣受難劇，將巨大的粉紅色復活節兔填充玩偶釘死在擠滿人的浸信會教堂前門外的電線杆上。我知道惡作劇有時會做過頭、會走調，因此我不想苛責這些剛起步的年輕惡作劇者。

不，我從來不曾強暴或謀殺任何人，無論黑人或白人，我先針對問題澄清一下。於是我向舉牌的人發出呼喚，請他們收起牌子。他們照辦了。活動繼續進行，然後有人……某人問我我絕對不會在小說中描寫的是什麼。

我的回答總是相同。我永遠不會描寫無意義的折磨和殺害動物。就算在空想中也不會。大衛．福斯特．華萊士的《頭髮奇特的女孩》中有一幕是幾個角色將打火機油

12 原本的標語為「Think Different」，即「要有不同凡響的思考」。

淋到小狗身上，點火燒牠，邊笑邊看著牠在地下室跑呀叫呀，直到斷氣……這讓我嘗到苦頭。雙方合意的暴力，我可以接受，因此《鬥陣俱樂部》才有那樣的結構和規則。不過小說中的角色開始攻擊他人（市場的資源回收特使）的那一刻，以及我們看到瑪拉瘀青眼眶的那一刻，我就不再喜歡這個故事了，我可以開開心心地將它收尾。

因此我開始大談合意，以及動物往往成為各種狀況的無辜受害者。我袒露了真心。我向群眾袒露我的真心，後來露得太多了。我朗讀約翰．艾文某首關於可愛狗狗的詩。那又老又垂死的狗非常乖巧，牠在逐漸死去的過程中控制不了腸胃，於是痛苦地把自己的身體拖到一張攤開的報紙上，以免弄髒地毯。牠就死在了上頭。

到了這時候，我等於已經仰躺了下來，把我的肚子、我的真心完全袒露在這個公開場合。那首詩殺得死我，還有艾咪．亨佩爾的散文〈全方位收容所〉（A Full Service Shelter）也是，那篇寫的是她在曼哈頓動物收容所當志工的事。根據她的描述，收容所會幫注定得受死的狗注射致命的苯巴比妥，作為經費削減的應變措施，而且牠們全程都看得到狗屍疊成的小山。垂死的狗會被牽繩拖到那裡去，被迫爬上柔軟、仍舊溫暖的動物死屍小丘，於是牠會死在頂端，在剛死沒多久的上一隻狗身上，而這一切暴行都根據收容所方針執行，因為這能避免員工背部受傷的風險。如果不這樣，他們就不得不抬起、搬運所有死透的動物。

去我的，我太蠢了。我完全袒露了我的真心，任何在台上的人都不該這麼做。我沒讓觀眾席產生情緒反應，反而是自己哽咽了。說完這些可憐動物受的磨難後，我淚光閃閃，喉頭緊縮。作為《鬥陣俱樂部》作者，我自我放縱地越過了最根本的白線。

我的重點是，我可以掌控剛剛的情況，然而我自己對自己下了邪咒。

囉嗦的談話結束了，簽書會開始了。來客數如此之多，工作人員得站櫃台才行。我一個人獨自坐在店後方的角落，接著，一排耐心十足的讀者被叫過來和我打招呼。帶強暴／謀殺標語的那幾個人也在隊伍之中。我詢問他們的動機，他們看起來很怯懦地說，他們覺得用這種大毀滅計畫的方式搞似乎會很有趣。是惡作劇。羞辱他們沒有意義。挑戰尺度的人就是會遇到類似的鳥事。我也出過一些洋相：說一些惡意中傷的笑話，然後被一大群人噓爆。我和惡作劇者握手。

其中一個人拿了一本書要我簽。他毛髮濃密，看起來愛跑海灘，也許是個衝浪手？他給人感覺像是會衝浪。這個衝浪手或滑板人乍看之下像是他們的領袖，他上前一步，給了我唐．德里羅的小說。

書封被黑色粗氈頭筆的潦草字跡和刺眼符號塗到面目全非，但那仍然是一本唐．德里羅的書。大家會帶各式各樣的書來給我簽。通常是《聖經》。通常他們會叫我寫「我吸撒旦的屌」在他們的家庭用《聖經》上，然後簽名。不少本看起來很古老，真皮書封，燙金，上頭還有古斯塔夫．多雷的插畫和褪色的族譜，外觀非常優雅，肯定是古騰堡《聖經》。我總是禮貌性地拒絕，然後和他們握手。讓人尷尬不是什麼好玩的事。

一如往常，我說我不簽其他作者的書。

金髮男子說：「這是你的書。」

事情發生在數百人排隊的時候，隊伍蜿蜒繞行著書架。

我指著書封上唐．德里羅的名字。

那老兄堅持要我簽，我不簽。衝浪人和他的惡作劇小隊成員走了。沒什麼大不了的。

面見作者有可能會演變成悲劇。作者是一種實體證據，代表你永遠見不到你已視為朋友或英雄的角色。這種經驗我有過非常多次，導致我會避免去見我喜歡的作品的作者。了解這份失望的我，試圖控制損害。

我，這個又娘、又愛動物、又滔滔不絕誦詩還哽咽的作者，原來根本不是泰勒．德頓的化身。這樣的我，回去繼續見讀者，幫他們簽書。大家走到桌子前面的時候多麼激動啊，我不可能不試圖露出可匹敵那些笑容的微笑。以擁抱應對擁抱。有些讀者興奮到幾乎要哭了。安靜的人需要我哄他，他們才會打招呼。我得擺姿勢拍照。我問問題，然後留意幾個關鍵字，寫風趣的獻詞時搬過來用。讀者和我初次見面，而我會試圖把他們一個個都當成那天晚上唯一要見的人。如此一來，我的注意力不會跨到我和下一個要見的讀者所形成的小泡泡外。

過去多年來，我最久的一次簽名活動是在伊利諾州奧克帕克的芭芭拉書店舉辦的。八小時。當時對我而言是折磨，如今八小時只是小小的負擔。我的簽書會往往會拖到十二至十四小時。大衛．塞德里簽書簽到凌晨四點以後。史蒂芬．金只簽三、四百人，書店會抽獎決定幸運得主。

你看出我在做什麼了嗎？我切換到大聲音，描述大致上相似的活動，以顯示埃爾卡洪那一夜的時間又流逝了一些。我還記得一個人，一個母親，她排隊上前來感謝我。之前我做了禮物，寄給她青春期的兒子和女兒。起先她看似很生氣，但她其實有點啞口無言，沒想到會有陌生人做出令她的小孩如此開心的事。

她離開後沒多久，火災警鈴開始響了。某種軟軟的東西擊中我胸口。柔軟的「砰」聲急驟地打在我的簽名桌上，我四周的地毯上。背景是巨大的警鈴聲，只有隊伍前方幾個人看得到事發狀況。其餘隊伍大半蜿蜒到遠處去了。工作人員很忙碌，離簽名桌很遠，在結帳櫃台。

目擊這一晚的人後來開了網路討論串。根據他們的說法，那個金髮年輕人——帶著被亂塗一通的德里羅著作的那個惡作劇者，在我拒絕幫他簽書後跟著同伴一起離開，騎摩托車走了。很快地，當中兩個人回來了，把摩托車停在書店大門正前方的人行道上。他們帶著一個巨大的海報筒回來了。

目擊者表示，那兩個男人甩動海報筒，把裡頭裝的東西拋射出去。

擊中我的是白老鼠。海報筒內裝滿那些粉紅鼻子、紅色眼珠的小白鼠，寵物店賣來餵蛇的那種。這些老鼠擊中了我。牠們像雨點一般落在地上和桌上，力道極大。牠們沒死，但垂死。牠們的身體慢慢扭動。衝擊力使牠們的脖子、脊椎斷裂了。牠們的四肢抽搐，嘴角流血。隊伍裡的民眾全都傻眼。警鈴大作。

我沒什麼能做的，只能為活動延遲道歉。沒人上前來幫忙。我開始把這些老鼠收集起來。某幾隻老鼠在我手掌上最後一次拱起背，在我掌心抖了一下，然後就死了。有些砸在書架上然後散落在走廊，死了，但被我發現時，牠們的身體還是溫暖的。有好多老鼠。我把牠們全收集起來，帶到倉庫去，給牠們一個安息的地方。

扔老鼠的年輕人從防火逃生口溜走了。這解釋了警鈴為何響起。那是火災警鈴。

我把死掉和垂死的小動物移到後面之後，整間店都安靜了下來。擠滿人，但無聲。還有四百多個人在排隊，其中少數幾個清楚看見剛剛發生的事。我的雙手沾了血，簽名桌上有點點血跡。我進廁所洗手，然後回來把工作幹完。

根據證人的說法，在事情演變得太遲之前，沒人想到會發生什麼事。沒人能阻止他們的行動，於是他們下了摩托車，大搞特搞。沒有人報警。他們徒步逃跑。我現在還是會跟書店聯絡，他們說這些惡棍是當地人。金髮男子偶爾還是會進店裡，現在肯定快中年了。

從那之後，我開始收集作者見面會濺血的故事，像是在西雅圖那次，讀者霸凌史蒂芬．金要他在一萬五千本書上抹血。或者有個孩子在淘兒唱片站在克里夫．巴克旁邊拿剃刀割腕，大喊：「克里夫，這是為你割的！」或者在紐奧良，在眾人崇敬的表演場地提匹提納的店（Tipitina's），有個年輕人在我朗讀〈腸子〉時昏倒，摔碎頭骨，後來書店的人對我說，這俱樂部幾十年來舉辦了許多龐克團演出、歷經許多金屬團衝撞，結果朗讀會造成了該場地有史以來最嚴重的觀眾傷勢。同一天晚上，莫妮卡．德雷克和我一起現身，讓觀眾捧腹大笑，笑到沒人注意到舞台設備割傷了她一條腿。我們都激動地撒著野，都沒注意到我們在莫妮卡的血泊中滑來滑去一整晚。

這類的故事帶給我慰藉。

除此之外，有時讀者的負面反應會加總成報酬。好作者會霸凌讀者，情有可原時會。作者的工作是在必要時挑戰以及驚嚇讀者，或至少要令他們感到意外。通常得魅惑他們，使其陷入他們永遠不會主動接受的體驗之中。受到冒犯或霸凌的讀者若採取復仇行動，作者也不該震驚。就是這麼回事。

我的出版社建議我永遠不要提起死老鼠的事，怕有人模仿。有段時間，他們配了保鑣給我。我覺得自己像是布列特・伊斯頓・艾利斯。

我問自己：「你就要在這裡止步了嗎？」如今我已經把老鼠的故事說出來了。

我不止步。

八、檢修你的小說

我打高中籃球隊的時候，有個教練要我們穿上腳踝加重器。這玩意兒由好幾磅的鉛彈組成，它們被縫進皮袋內，而皮袋以魔鬼氈固定。只有喇叭褲可以藏起我腳踝上綁的這些粗項圈，於是我開始從早到晚都穿那種褲子，天天穿，一穿好幾個月。

在更後面的人生階段，我請了一個健身教練，他要我在腰部綁一條帶子，我穿在衣服下面，肚臍的位置。腳踝的負重會磨痛我的腳，使腳流汗。帶子綁到一天結束時，就會在我身上留下紅色勒痕。不過我的腳變壯了，後來我也學會隨時（通常可以隨時）運用我的核心肌肉群。

所以囉，如果你是我的學生，我會告訴你，有一天你可以回頭去用「是」和「有」這類動詞，也可以用抽象單位和「想」這類動詞。你偶爾可以用被動式，偶爾可以寫大意。最後，你也可以用陳腔濫調，只要用得恰當。但我想先請你別用。至少接下來幾年內，我希望你遵守這本書的規則。如此一來，你會被迫發明一種新的說故事方法。你將學會停留在一個場景中，運用具體的方式推動你的角色，使其穿梭在他們的世界中。更重要的是，你會成長，會跨越簡單的、「預設的」寫作方法，不讓它奪走你作品的力量。

寫作不過就是解決難題。這些規則此刻使你蹣跚，但最終會強化你的作品。

以下是快速診斷表。找出看似你缺點的那些問題，思考可能的原因和解決方式。

問題：你的敘事口吻很無聊。

請考慮：大聲念出來。你有沒有為句子長度和結構製造變化？你有沒有取得對話以及具體動作、手勢之間的平衡？你有沒有將不同質地的溝通模式混合在一起？

問題：你建立不出緊張感。

請思考：你建立鐘了嗎？你有沒有限制、重複使用你的故事元素（場景、角色、物件）？加入新元素時，你是不是被迫使用「是」和「有」這類被動性的動詞？

你是不是使用打網球般一來一往的對話，把每個問題製造出來的緊張感都即刻消解掉？

你列舉一連串事物時，是不是都用三個元素去組成一串？例如，「飛機、火車、汽車」或「聖父、聖子、聖靈」？

相對地，你要考慮用兩個或四個物件去構成一個系列。三個物件會終結太多能量。

你會停留在一個場景內，還是經常會掉進倒敘，把讀者震到戲外？

你看待事情的觀點是不是太輕蔑了？記住，喜劇演員比例高、脫衣舞者比例不足的話，故事中可能會產生的任何緊張感都會不斷被取消。多加一點脫衣舞者，少耍點嘴皮子。

問題：你的故事散漫迂迴，並沒有高潮。

請思考：你放槍進去了嗎？有沒有什麼未解決的預期可以再次提出來？

你在第二幕有什麼角色可以殺，藉此提高故事的嚴肅性？

你能不能讓你的角色展開短暫的公路旅行，藉此毀掉他們的洋洋得意？

問題：你完成作品前就對它失去了興趣。

請思考：它是否探索深沉的、未解決的、你自身的問題？

你是不是描繪了一連串水平的情節事件，而它們都沒有產生厚度？你有沒有讓物件重新回到故事中，允許它們產生象徵意義的變化？

問題：一個場景不斷延續，對故事的水平線或垂直線都沒有貢獻。

請思考：寫這場景之前，你有沒有安排一個目的？它會建立或倒入某樣東西嗎？或者，它會深化風險和緊張感嗎？它是暴風雨前的寧靜嗎？它指示出時間的流逝嗎？或者，它會揭露某事實、消除緊張感嗎？你開始寫一個場景之前，永遠、永遠都要對於它的目的先有幾分掌握。

問題：你的作品無法吸引到經紀人、編輯或讀者。

請思考：那真的重要嗎？如果寫作很有趣……如果它能磨滅你個人的心結……如果它讓你和其他喜歡寫作的人成為夥伴……如果它讓你得以參加派對、分享自己的故事，並享受其他人的故事……如果你隨著你寫的每一份稿子成長、實驗……如果你樂意在餘生中寫作，那麼，你的作品真的需要其他人認可嗎？

問題：你的小說沒辦法讓讀者沉浸其中。

請思考：你是不是太仰賴大聲音和抽象動詞？在場景中運動的物件永遠可以迷住讀者。人的眼睛只會微幅轉動，除非它是在追逐移動的物體。你有沒有清楚描繪運動中的物件或人？

問題：你的故事開頭無法讓讀者上鉤。

請思考：你是用一個交代大意的主旨句開頭，還是提出一個吸引人的問題或可能性作為開頭？

問題：你沒有時間寫作。

請思考：你通勤時會聽音樂嗎？或者，你會讓自己在沉默中神遊嗎？你有沒有在廁所裡放記事本和筆？或在床邊？在車上？你寫作的大部分時間是不是用在彙整非寫作時間的筆記和點子？

問題：你不想嚇壞家人。

請思考：訴說真話，你也等於給其他人訴說真話的機會。

只要你寫的明顯是虛構故事，你就會迫使其他人承認一個事實：他們可能是故事中的角色（而且可能是混球）。如果他們感到被冒犯，你只要否認任何角色都不是以他們為原型即可。

每個寫作工作坊都有爛的面向。——肯・克西

問題：你找不到寫作工作坊。

請考慮：開一個。報名參加寫作班。尋找任何可以令你負起責任、產出作品的社會結構。

問題：你的寫作工作坊超爛。

請思考：肯．克西有次告訴我：「每個寫作工作坊都有爛的面向。」你會愛某一個，恨其他的。最終要問：你的寫作工作坊有沒有讓你產出作品？

問題：你那個寫作工作坊的寫作者要求你對你的作品動大手術。他們提出一些沒用的修改建議，或無根據的意見，沒有具創意的洞見。

請思考：我認識的劇本作家都會和製作人、演員坐下來開馬拉松會議，他們所有人都會想要對劇本進行合理及不合理的更動。好的寫作者會知道該如何運用有助益的建議，會把它們記下來。而職業寫作者會懂得避免負面反應，會感謝所有人的貢獻。

問題：讀者讀了你的作品不會感到意外。

請思考：是嗎？你是不是把最棒的點子留到最後？或者說，你有沒有辦法在開頭就使用那個強而有力的點子，並相信故事會自然地堆疊出你起先無法想像的更強而有力的高潮？

問題：你會先寫大綱再開始動筆，寫到一半就失去了興趣。

請考慮：要不要在大綱還不完整時就開始動筆？你要掌握第二幕結尾處的敘事機器驅動的崩潰，並相信故事會自行化解問題，而且方法會比你事先料想的都還要好。如果你不讓自己意外，又該如何讓讀者意外？

問題：你的故事無法令讀者心碎。

請思考：你的口吻是不是太機伶了？你建立情感面的權威性了嗎？你的故事是不是太像作家，而不是真人訴說？

問題：你的主角膚淺又刻板。

請思考：你有沒有辦法令他基於高貴的理由去採取可怕的行動？

問題：你的作品沒有艾咪・亨佩爾那麼好。

請思考：沒人能跟她一樣好。

打書巡迴途中寄出的明信片

大約在ＤＶＤ剛問世，打字機還沒死亡那陣子，我爸打了通電話。他在長途電話中問，我會不會去跟他過聖誕節。他要我從奧勒岡的尤金搭海岸星光號特快車去波特蘭，然後轉帝國建設號列車一路往東，直到斯波坎。很痛苦，但也讓我很驚喜！聖誕夜，他來車站接我。剷雪車輪胎上的雪鏈叮噹響，隨著它們穿越道路、在路上交會，以確保鬧區街道淨空。

我爸和我最後一次過節是我還參加幼童軍那陣子。而這一年，兩學期後，我就會從大學畢業，拿到新聞學的學士學位，開始支付多得像山的學貸。新聞學，因為這看起來是安全的賭注。而不是去寫小說，因為，天啊，大家都知道寫小說的風險無比巨大。我們開車到卡車休息站的餐廳，他喝咖啡，而我吃炸雞排。他腋下夾著一個厚厚的棕色信封，後來把它放在我們之間的桌面上。

為了讓我看內容物，他掀開開口。滑出厚厚一疊紙，線條筆記本的紙。他將它們攤成扇形，擺在我們之間的桌面上。頁面上都是手寫字，鉛筆和原子筆的潦草字跡。

他說：「你會想讓你老爸發財吧，沒錯吧？」

我需要感到驚訝嗎？這老兄，我爸，總是會拿起一個迴紋針或封麵包袋用的塑膠片，說：「發明這玩意兒的傢伙，後半輩子都不用再工作了！」

他猜他可以出版一本書，賣給鐵路員，現職和退休人員通吃。他說，根據工會名冊來判斷，這會是一筆大生意。這些手寫字是他從同事那裡收集來的句子、段落、故事，他已經答應要分一些利潤給他們了。

我只需要編輯這些材料，就能讓他過上優渥的生活。也許稍微修改一下故事吧，他說。加入色彩和行動，把它們拋磨成嬉鬧、活力充沛的冒險奇譚。就像《製罐巷》，只不過寫的是貨運火車，而我擔任史坦貝克的角色。

鐵路的故事……我是聽著它們長大的。他會帶這些故事回家，在早餐餐桌上說。關於帕斯科某街上一家家妓院的故事，它們跟扇形車庫之間只隔著幾條鐵軌，任何工作人員只要走一小段路就能到達。或者機組人員到職和離職這段期間換了老婆和家人的故事。還有科爾維爾保留區部落族人的故事，他們會在起大霧的夜晚喝醉，然後坐到鐵軌上，拿毯子蓋住頭，好讓自己睡著，等待。一長串血腥內臟的描述，火車誤點。關於同一票的人鬼故事。關於愛達荷州的鄉下老粗如何坐在鐵軌附近，用來福槍指著兩側敞開的貨運列車，轟掉運往西雅圖的凱迪拉克的窗戶。想像一百台準備放到展示空間的凱迪拉克被射爛的模樣吧。關於同一批鄉巴佬如何害火車出軌（靠水泥塊和鐵桿），藉此去洗劫壓爛的有頂貨運列車。關於鐵路警察一發現有遊民試圖搭便車，就會打得他們滿地找牙。

不過這些故事——他帶過來給我的煞車手和貨運列車員草草寫下的故事，不是我喜歡的那種。斑駁的手寫字描繪的是一群好人在老式末段車廂內圍著燒煤炭大鍋爐玩皮奈克爾[13]的場景。非要我說的話，這些故事需要的是去除潤飾。學校的新聞學課程沒教我們如何反編輯，但我無法對他說不。

他看著我不斷抽換稿紙順序，然後問：「你有交往對象嗎？」

他指的是女孩。我什麼時候會結婚、組成一個家庭？他在我這年紀已經結婚、生下三個小孩了，而且已經為太平洋西北地區操作好幾兆次轉轍器了。這陣子，他一個人獨居在斯波坎山上森林深處的小屋內。我假裝讀這些故事時，他起身去用公共電話。公共電話就跟打字機一樣，即將從世界上消失，但我們一點頭緒也沒有，還沒那麼快。

他回到桌邊，臉上掛著微笑。公司剛剛給了他假日班，薪水是平日三倍。他拒絕

13　一種撲克牌玩法。

不了的大錢。他要我把食物吃完，這樣他才能載我去鬧區外圍那條瀰漫炸雞速食味的商店街上那間煤渣磚砌的汽車旅館。我，以及我手中那厚厚一信封審查過的、沒有緊張感也不懸疑的故事集。

「我懂。」我說謊。工作一直是我家人逃避家庭所用的高尚理由。我們會自願在感恩節或聖誕節排兩個班。「我很想去，」我們會聳聳肩，對彼此說：「但我排了工作。」

打字機色帶和座機電話和唱盤，這些東西跑哪去了？怎麼消失得那麼快？

我爸去上班了。

隔天早上，寒冷而孤單的聖誕節早晨，我打開汽車旅館的電視。一部電影剛開始播映。黑膠播放著卡特・史蒂文斯的一首歌，我們看不見的演員點亮了一根蠟燭。他寫下自殺遺書，隨即踩上一張椅子，把頭放到繩圈內。他把椅子踢開。在整部電影當中，他一直假裝要割喉，要自我犧牲，要挖出自己的內臟，結果他都沒死。他反而向露芙・高頓求婚。

這就是湯姆所謂的**分水嶺時刻，過了之後一切都會改變的時刻**。

如果我說我的第一本字典是我爸買的，你會信嗎？在高中時代，我告訴他我想寫作，他就在聖誕節送了我一本字典。天知道他是去哪弄來的。在網路問世的幾十年前，他拖了一本手提箱尺寸的字典回家。字典中段滿是光滑的全彩頁，刊出非常珍稀以及還算珍稀的礦物、各大陸的原生動物、世界各地花草的照片。它又大又重，不可能帶著移動，不過它是他所能找到最大、最貴的一本。願他那許許多多的墓穴，會有其中一個永存於我的腦袋裡頭。

電視上的電影播完之後，我還是坐在這個有霉味的汽車旅館房間，今天仍是聖誕節。不過外頭的世界不再是同一個世界了。雪……甚至天空，都是新的。

這是一個什麼都可能發生的世界。斯波坎鬧區不只是斯波坎，不再是了。我漫步在空蕩蕩的、冰天雪地的街道交織出的迷宮之中，讚賞突如其來的可能性的爆發。

我爸死後不久，在電話答錄機和拋棄式傻瓜相機開始消失前，我飛了一趟倫敦，去那裡宣傳某樣東西，某本書，接受好幾輪電台採訪，上BBC各個不同的節目。在計程車，在地鐵上，陪伴我的都是我指定的行銷人員，蘇。美麗的蘇，工地鷹架上的男人看到她會對她吹口哨。也許大家都盯著蘇看，不過她正留意著街上有沒有大象出沒。

蘇丹的大象，那是一齣街頭劇。大象是半機器半戲偶，市政府雇它來演出。戲在早上開演，一個看起來像木製太空船的玩意兒墜毀在帕摩爾的一個冒煙隕石坑內，整個演出長達七天。根據傳言，這巨大機器象將會在倫敦市中心晃來晃去。

我們遇到的人都還沒有親眼看到大象。喔，我們看到塞車的情況。我們攔到的每一部計程車的司機都在咒罵大象。我們塞在交通癱瘓的街頭，聽說大象在高爾街或蘇活廣場出沒，總是在我們轉個彎就能到的地方，總是在我們視野之外。那一週逐漸縮短，蘇丹的大象很快就要離開了。蘇和我懷著希望，但我們有本書要去宣傳。

大象在倫敦活動的最後一天，我們去了皮卡迪利圓環上的水石書店。那建築物有一整個街區大，外側全是玻璃，書商稱之為水晶宮。我們和另一名作家握手，他剛在高樓層會議室為一群圖書採購人員演講。大家吃著便當，不斷偷瞄窗外。我們豎耳等待任何憤怒的喇叭合音，因為它可能宣告大象的到來。

我們剛剛討論了什麼？太陽還有沒有在發光？那重要嗎？

我們離開那建築物，走在水泥階梯上朝一道金屬火災逃生門前進時，聲音傳來了。音樂迴盪在飛簷和女像柱之間，在宛如婚禮蛋糕的花體山形牆與查爾斯・狄更斯風辦公大樓的帕拉第奧式雕石窗之間。西塔琴的音樂、笛聲、鼓聲朝我們飄來。街道其中一側的車子全消失了，彷彿下一個轉彎再過去，有某物阻擋了車流。人行道的人忘了走路，哪都沒去。商人戴著帽子，手拿雨傘和公事包。推著嬰兒車的人。警察、美麗的蘇和我，我們都站在那裡，等著看什麼東西會從道路另一頭現身。

穿著細條紋西裝的銀行家。那陣子的潮流雅痞叫作斯隆漫遊者。街頭變成了一張靜物照，所有人都屏住呼吸。

等我再出十幾本書後，會在晚宴上重述這個故事，我的目擊大象經驗談。我會坐在長桌的一頭，坐在遠處另一頭的是我不認識的女性，我們沒見過面。她開始哭了。所有人的注意力都轉移到她身上，而她在啜泣的空檔解釋，她那個星期也在倫敦，她也看到了大象，此後不斷試圖訴說這段經歷給別人聽。「沒人相信我，」她上氣不接下氣，「沒人明白它如何改變了我……」她開始懷疑自己對那件事的記憶。

聽到我這麼說，證實她並沒有妄想。她並沒有誇大事實。

最先出現一隊纏頭巾的男子，穿著翻飛的寬大褲子，走在路中央。巨大的灰色象足在他們身後起落，那腿跟建築物一樣高，象鼻揮動，尖牙，象背上頭高高頂著一座神廟，裡頭擠滿上空舞者。還有其他男子走在象腿旁，大象後方也拖著一個隊伍。被擋在後頭的，是熄火停擺的車流。

戴著面紗、袒露胸乳的舞者舞動著。樂手演奏著。群眾的臉孔從高樓層窗戶水平望著飾滿寶石的象頭，以及《一千零一夜》的神廟，隨之飄揚的旗幟和長幡。

象鼻擺動，噴灑出水柱。轟一聲，消防水帶朝群眾放水了。是冰水。大家尖叫，彼此推擠，要去門邊躲水。紙製購物袋爆開了。尖叫變成了笑聲，所有人的鞋子都在潮溼的人行道上打滑。

我們頭上有個年輕人跨出敞開的窗外。他穿著深藍色的衣服，材質是某種閃亮、光滑的纖維，腳踩上華麗飛簷的壁架。他高過象頭，站在街道上方的自殺級高空，雙手拿著一部紙板相機。他瞇眼看著觀景窗，拍下一張張照片，這時象鼻甩向他。一道水柱噴中他，他的相機掉了。鼓聲和笛聲停住了，汽車駕駛停止按喇叭。

大批人潮的瞪視追隨著墜落的相機，通過一道道窗戶，我們的眼睛也追著它通過窗戶、窗戶、窗戶，通過瞪著外頭的一張張臉，最後目睹它摔碎在水泥上。年輕男子也打滑了，那一身深藍色上衣和有光澤的皮鞋也隨之滑動，在潮溼、有坡度因而淌著水的飛簷上踩著快速的碎步。他的雙手在抓空氣。沒有人的尖叫是孤單的，我的尖叫和蘇的合而為一，然後我們的尖叫和律師、上空舞者、計程車駕駛的叫聲一起拔高，因為我們都看到那男人掉下來了。

大家別過頭去。有人閉上眼睛，選擇不看。他們很確定他會在我們腳邊摔成肉醬。

分水嶺時刻，過了之後一切都會改變的時刻。

我剛剛是不是忘了提到伸手可及的旗杆？如果是的話，我不提是因為它原本不在那裡。它在男人抓住它那刻突然冒了出來。他的手抓住飛簷下方突出的潮溼旗杆，停止掉落的時間只有短短心跳一拍，窗戶裡的人便伸手抓住他的衣服。

我們原本會眼睜睜看著他摔死。他在我們心裡已經死了，但後來又沒死。他得救了。號角聲和鼓聲響起，大象又跨出巨獸的步伐。我們如今穿著溼透的衣服，發抖著。我們向彼此抱怨，說鞋子和髮型毀了。我的手錶停了。計程車的喇叭聲淹沒音樂。

紙板相機、手錶、一本本《聖境預言書》——這些重要至極的東西怎麼會就那樣蒸發了？點陣式印表機和你必須推開連續入機列印紙邊緣的定位器的世界——不見了。

大象還沒消失到視線範圍外，人們就已經開始在說故事了：他跟拉撒路沒差別，這男人掉下去然後又復活了。

也許他們現在還在說這個故事。

在公路地圖和電話簿氣數將近，而全球定位系統和共乘app誕生之前，我的法國出版社編輯在她左岸的公寓內舉辦了一場晚宴。作為榮譽貴賓，我坐在主位。其他客人是她朋友，他們抽菸、喝酒、毫無仇恨地爭論他們之中有誰害別人染上海洛因毒癮。我的印象是，在場所有人都曾有或現在也有毒癮。他們的行動方式也成為我這項假設的佐證：他們會成雙成對地離開座位去廁所，回來的時候都咧嘴笑，步伐蹣跚。

我，當天下午才從波特蘭抵達這裡，時差累壞了我，而且我整個下午都在擺姿勢給人拍照。攝影師要求我趴在我旅館房間空衣櫃的地面，因為他需要全白的背景。他說他用的環形閃光燈（一種圈住相機的環狀閃光燈，可以從所有角度打亮拍攝對象）可以藏住下垂眼袋，消除疲倦、充血的眼珠上的血管。隔天還有更多訪談，更多攝影，晚上有簽書會，然後要和一桌記者吃晚餐吃個老半天。今晚，我只想回到旅館睡個不省人事，但這場宴會的貴賓是我，所以我坐在這裡，在香菸煙霧中瞇眼，半句法文都聽不懂，感覺很像，而且愈來愈像《大亨小傳》第二章裡那隻小狗，被吵鬧的酒客圍繞，又睏又沒人理會。

我有沒有提到我同時很火大？最主要的感覺是氣炸了。明天大家期望我辛苦工作，這些法國人至少可以餵飽我、送我上床吧？更要命的是，我祖母前一天過世了。她固定服藥抑制關節炎的疼痛，好繼續工作，結果藥物掩蓋了急性憩室炎的症狀。我祖母痛苦又突然地逝世，葬禮將在隔天舉行。我會錯過，因為我有一場打書巡迴要跑。

更糟的狀況來了，主人放了一片淺盤裝的楔形布利乳酪到桌上。有人用英語向我解釋：身為貴賓，我應該要第一個動刀切那厚厚的起司。他們同時試圖教我法文的押韻警句：「先紅後白，平安下台。先白後紅，死路必逢。」意思是，如果你先喝白酒再喝紅酒，你就會受宿醉之苦。在他們的催促下，我重念了法文版一次。我拿起刀，切下我所能切下的最小塊布利乳酪，尖端的一小點。

那桌人全都抓狂了。他們不分毒蟲和非毒蟲，一致發出粗聲抗議：「美國人怎麼這樣！」還有：「美國人就是這樣！」看來我切走了起司中央最柔軟、最多乳脂的一塊了。正確做法是沿著楔形的邊緣切下一長條，分走一丁點起司中央，還有灰白的硬皮。

我道歉後，他們又回頭去爭論了，他們向彼此拋射難以容忍的法文字。一對男女跌跌撞撞走出廁所，開始道歉說他們該告退了。他們明天早上有工作，得提早走，稍微休息一下。

提早？現在是大半夜呀。我逮到機會，開始拜託他們載我一程。他們聳聳肩。我爬進他們那輛小車的後車廂，車子加速駛離。

他們茫到這種程度：停紅燈。紅燈變成綠燈了，他們還是停著。其他車子旋繞過我們，狂按喇叭。我們急忙離開，然後又停了下來，因為他們又在另一個綠燈前面打瞌睡了。

恐懼抑制著我的怒氣。我不記得旅館的名字，更別說地址了。車子不斷開過同一批雕像和噴泉。我們在繞圈。我們在哪？誰知道？我可以跳車，但這一帶治安好嗎？

還是很亂？

最後，艾菲爾鐵塔的燈光浮現在我們前方了。吸毒的駕駛踩下油門，我們闖過一個、兩個、三個紅燈，車子疾馳，穿梭在稀疏的車流之間，最後前輪撞上路邊石，車子顛簸地停下來，位置在艾菲爾鐵塔底部的人行道……旁邊是一輛警車。

男人和女人跳下前座，開始在廣場上奔跑，任車門開著，大燈開著，引擎怠速。警察不可能錯過的。那段男女跑到鐵塔下方的區域時大喊：「跑啊，恰克！快跑！」

他們有毒品，我知道他們有。他們要躲避警察拘捕，拋下我和裝滿毒品的車子。警察看著我，如果動作不快點，我就要進法國監獄了。

我當然跑了。我唯一會說的法文是「Rouge puis blanc[14]……」。我在逃跑的海洛因藥頭身後狂奔。警察在我身後追趕。我們全都在廣場上跑著，跑在艾菲爾鐵塔的支柱之間。

他們在那裡停了下來。那對男女停了下來，我也停了下來。他們氣喘吁吁，上氣不接下氣地大喊：「抬頭看，恰克！抬頭！」

幾個路人站在一旁，警察趕上了。

那對男女已經仰著頭在看天空了。我抬頭看。

從我們站的位置，也就是鐵塔中央的下方看，那座塔像一根往上高升的寬大方管。聚光燈把逐漸拔尖的結構轉變為一條耀眼的光之隧道，彷彿延伸到無限遙遠的地方。心臟狂跳、流著汗、有點醉的我，仰望著輝煌刺眼的隧道。

然後整個世界消失到黑暗中了。

所有事物都不存在了。沒有視覺參照點的我失去平衡，跌倒在黏膩的水泥地上。所有人都同時倒抽一口氣，而我只聽得到自己的心跳。什麼也看不見。世界不在了。我的手指緊抓著粗糙的地面，擔心我也將失去它。

有人開始拍手。所有人都加入了喝采。

我的眼睛適應黑暗了。嗑藥男女和警察仍在那裡。艾菲爾鐵塔聳立在我們上方，不再是一條光之隧道，而是陰森、黑暗的油井塔。

你認為我瘋了嗎？更糟的是，如果我這樣告訴你，你會不會覺得我是個騙子：世界消失的那一刻拉得很長，我似乎飄浮在空無之中，這時我聽到了我死去的母親在說話。人都會編造這些事情，但我們的想像源自何處？我只能告訴你她的聲音對我訴說什麼。它說：「這就是我們活著的原因。我們來到世上就是要進行這些冒險。」

分水嶺時刻，過了之後一切都會改變的時刻。

14　先紅後白。

海洛因毒癮只是裝出來的。在晚餐的過程中，整桌的客人都在爭論我停留巴黎的期間該有什麼體驗，他們該提供什麼給我。大家都知道我累壞了，我的行程表裡塞不進觀光。於是他們策劃了這個行動，要把我帶到剛好跨入午夜的艾菲爾鐵塔，那時燈會熄滅。他們用起司陷害我，令我陷入沮喪的情緒。讓我保持清醒。我一上車，他們就一直在紅綠燈前拖時間，老是讓車子停擺，這樣他們才能在午夜十二點的不久前到達戰神廣場。

上演驚恐的奔跑，是為了讓我氣喘吁吁地到達那個地方。就連警察都隱約明白狀況。我搞錯所有事情了。

在這座我開始畏懼、厭惡的城市裡，我痛恨的這些陌生人全都密謀要引起我的敵意，要激怒我。這隊人馬的策略最終帶給我的，是我永遠想像不到的喜悅。

我們會和湯姆保持聯絡。我們當中的某些人，他的前任學生。某人會繞到他那邊一趟，之後開始散布他的消息，關於他想不想得起她的名字，他是不是瘦了，他是不是又開始寫作了。每個作家最終都會成為其他作家的故事。

別以為湯姆的工作坊總是充滿歡樂。某些學生想要一夜成名，結果天不從人願，他們便攻擊他。近年有女性學生指控湯姆偏袒男學生，發起女學生全體退課的運動。

更最近，有件事曝光了：我經紀人的辦公室（也代理湯姆）有人挪用公款多年。湯姆的錢，愛德華．高栗的錢，馬里奧．普佐的錢，加起來有幾百萬美金。對我這種入不敷出的人而言是筆天文數字！

那家經紀公司倒了。小偷去了監獄，法院找不到錢來賠償。這不是好結局，不算是。但結局之後總是有結局。那一個，才是我要談的。如果你是我的學生，我會請你再思考一個可能性。如果我們的憤怒和恐懼其實都沒有根據呢？如果世事依照完美的次序展開，把我們帶到遙遠的、超乎想像的喜悅之中呢？

請想想，下一個結局，會是好結局。

NEW不歸類 RG8042

鬥陣寫作俱樂部

《鬥陣俱樂部》作者恰克・帕拉尼克拆解逾30部知名小說，從打造小說質地、建立作者權威到加強故事緊張感，全方位專業作家教戰手冊

Consider This: Moments in My Writing Life after Which Everything Was Different

●原著書名：Consider This: Moments in My Writing Life after Which Everything Was Different ●作者：恰克・帕拉尼克（Chuck Palahniuk）●翻譯：黃鴻硯●封面設計：高偉哲●校對：呂佳真●責任編輯：李培瑜●國際版權：吳玲緯●行銷：何維民、吳宇軒、陳欣岑、林欣平●業務：李再星、陳紫晴、陳美燕、葉晉源●總編輯：巫維珍●編輯總監：劉麗真●總經理：陳逸瑛●發行人：凃玉雲●出版社：麥田出版／城邦文化事業股份有限公司／104台北市中山區民生東路二段141號5樓／電話：(02) 25007696／傳真：(02) 25001966、發行：英屬蓋曼群島商家庭傳媒股份有限公司城邦分公司／台北市中山區民生東路二段141號11樓／書虫客戶服務專線：(02) 25007718；25007719／24小時傳真服務：(02) 25001990；25001991／讀者服務信箱：service@readingclub.com.tw／劃撥帳號：19863813／戶名：書虫股份有限公司●香港發行所：城邦（香港）出版集團有限公司／香港灣仔駱克道193號東超商業中心1樓／電話：(852) 25086231／傳真：(852) 25789337●馬新發行所／城邦（馬新）出版集團【Cite(M) Sdn. Bhd.】／41-3, Jalan Radin Anum, Bandar Baru Sri Petaling, 57000 Kuala Lumpur, Malaysia.／電話：+603-9056-3833／傳真：+603-9057-6622／讀者服務信箱：services@cite.my ●印刷：前進彩藝有限公司●2021年7月初版一刷●2023年6月初版二刷●定價380元

國家圖書館出版品預行編目資料

鬥陣寫作俱樂部：《鬥陣俱樂部》作者恰克・帕拉尼克拆解逾30部知名小說，從打造小說質地、建立作者權威到加強故事緊張感，全方位專業作家教戰手冊／恰克・帕拉尼克（Chuck Palahniuk）著；黃鴻硯譯. -- 初版. -- 臺北市：麥田出版，城邦文化事業股份有限公司出版：英屬蓋曼群島商家庭傳媒股份有限公司城邦分公司發行, 2021.07
面； 公分. --（New不歸類；RG8042）
譯自：Consider This: Moments in My Writing Life after Which Everything Was Different
ISBN 978-986-344-953-9（平裝）

1.帕拉尼克（Palahniuk, Chuck） 2.傳記 3.作家 4.小說 5.寫作法

812.7 110005754

城邦讀書花園
www.cite.com.tw